방정환 方定煥 (1899.11.9~1931.7.23)

서울 당주동에서 어물전과 싸전을 하던 방경수의 아들로 태어나다. 미동초등학교를 졸업하고 선린상업학교에 진학했으나 가정 형편이 어려워져 중퇴한 후 조선총독부 토지조사국에서 일용직 사자생(寫字生)으로 취직하다. 19세 때 천도교 교주인 손병희 선생의 3녀와 결혼한 후 경제적으로 여유가 생겨 우리나라 최초의 영화잡지 《녹성》, 여성잡지 《신여자》, 청년잡지 《신청년》 창간에 관여하다. 또한 천도교 청년회에서 활동하는 도중 3.1독립운동을 맞아 지하신문 《독립신문》을 만들어 몰래 배포하다가 일제 경찰에 체포당하다. 곧 풀려나지만 일제의 감시가 심해지자 일본 유학길에 올라서 도요대학(東洋大學) 문화학과 특별청강생이 되다. 유학생활 틈틈이 읽은 세계명작동화를 골라 이를 『사랑의 선물』이라는 제목으로 번안해서 펴내는 한편 정인섭, 진장섭 등과 함께 아동문제 연구단체 '색동회'를 조직해서 《어린이》 잡지를 창간하는 한편 '어린이날'을 제정하는 데 앞장서다. 장인 손병희 선생이 가혹한 수감 생활 끝에 별세하자 일본에서 귀국, 전조선 소년운동연합회를 조직하고, 《개벽》, 《어린이》, 《신여성》, 《학생》, 《혜성》 등을 연이어 창간하거나 관여하다. 1928년 우리나라 최초로 전세계 20여 개국 어린이가 참가한 '세계아동전람회'를 개최하는데, 이 무렵부터 일제가 방정환의 소년회 운동, 강연활동 등 모든 사회활동을 금하는 바람에 집필과 잡지 경영에만 전념하다. 1930년경에는 《어린이》 잡지 발행부수가 10만 부를 돌파하다. 1931년 7월 9일, 사무실 근무 중 코피를 쏟고 쓰러지자 집에서 요양했으나 병세가 호전되지 않아 경성제대 부속병원에 입원하다. 그러나 신장염과 고혈압으로 인한 극심한 요독증 때문에 입원 2주일 만인 7월 23일에 별세하다. 1936년 사후 5년 만에 홍제원 화장터 납골당에 봉안되었던 유골을 현 망우리 공동묘지로 이장하고, 1940년에는 비로소 개벽사 동료였던 최영주, 마해송이 엮은 『소파전집』이 나오다. 1978년에 금관문화훈장이, 1980년에는 건국포장이 추서되었으며 2003년 '올해의 교육자'로 선정되었다.

KB186452

엮은이 민윤식

소파 연구가. 출판기획자.
중학 시절, 리더스다이제스트 발행인의 수기를 읽고 잡지 발행인이 되는 것을 삶의 목표로 세웠다. 환일고와 중앙대 국문과를 졸업한 후, 20년 동안 동서문화사, 주부생활사, 두산그룹 홍보실, 경향신문사, 서문화사 등에서 잡지 창간 편집장으로 일했고, 틈틈이 출판기획도 병행하였다. 1988년 독립해서 《마리안느》, 《잼잼》, 《루키》, 《행복》 등 잡지를 연달아 창간하기도 했다. 언론기금을 받고 글을 쓰기 위해 일제시대 잡지들을 수집하다 개벽사와 방정환 선생을 조우하게 되었다. 그 이후부터 소파 연구가를 자임하며 방정환 평전과 작품 발굴 작업에 전력을 기울였다. 지은 책으로 『일본이 앞에서 뛰고 있다』, 『일본에는 여자가 없다』, 『청빈사상─거지정승』, 『그래도 20세기는 좋았다』 등이 있다.

그린이 박형동

단국대학교에서 불문학을, 서울시립대 대학원에서 일러스트레이션을 전공했다. 전방위비주얼콘텐츠작가로 일러스트레이션, 만화, 애니메이션 분야에서 다양한 활동을 펼쳐왔으며 현재 한양여대 실용미술과를 출강중이다. 대표작으로는 〈플라이대디플라이〉, 〈리버보이〉, 〈바보빅터〉 등의 출판일러스트와 애니메이션 〈내친구 우비소년〉 등이 있고 저서로는 〈바이바이베스파〉가 있다.

⊙ 경성 만담: 일제시대 서울을 배경으로 재미있고 익살스럽게 세상을 풍자한 이야기

소파 방정환의 **경성만담**

민윤식 엮음

인디북

차례

최고의 이야기꾼 방정환이
만들어낸 경성 만담

소파 방정환이 한 일 중에서 높이 평가해야 할 일은 무엇보다 여러 가지 잡지를 창간하고 운영한 일입니다. 영화잡지 《녹성》과 청년잡지 《신청년》을 비롯해서, 소년잡지 《어린이》와 여성잡지 《신여성》, 종합지 《개벽》, 《별건곤》, 《혜성》 그리고 학생잡지 《학생》에 이르기까지 그가 창간하거나 관여한 잡지는 10가지에 이릅니다. 이들 잡지를 통해서 방정환은 사실상 끊임없이 평생 독립운동을 편 셈입니다.

방정환은 이들 잡지에 30여 가지도 넘는 필명으로 글을 쓰고 쓰고 또 썼습니다. 이렇게 쓴 글이 제가 확인한 작품만 해도 800편이 넘습니다. 이 많은 글 중에는 아직도 독자들에게 소개되지 않은 훌륭한 작품들이 적지 않습니다. 이 책에 실린 20여 편이 바로 그 작품들입니다. 워낙 여러 편

의 글을 같은 잡지 같은 호에 싣다 보니 글의 성격을 그냥 '동화'라고만 할 수는 없었습니다. 그래서 '소년소설' '재미있는 이야기' '여학생 애화' '학생기담' '깔깔 이야기' '소년미담' '실화' 등으로 글을 실었지만 동화나 소설의 틀을 벗어나지 않고 이야기를 풀어나간 점에서 동화라고 부르기에 손색이 없습니다.

이 글들은 모두 '슬프거나 우습거나 톡톡 쏘거나' 합니다. 기구한 운명에 휩쓸려가는 가련한 여자도 있고 멍청한, 그래서 너무 웃기는 도둑도 보게 되고, 검은 고양이가 보여주는 놀라운 뒤집기도 맛볼 수 있습니다. 이 글들을 한 편한 편 읽고 나면 무엇인가 한 가지씩은 이야기 속에 가르침

이 숨겨져 있다는 것을 알 수 있습니다. 그래서 요즈음 유행하는 동화류와는 또 다른 감동을 만나게 됩니다. 이 글들이 지금으로부터 70여 년 전에 씌어졌다는 것을 생각하면 더욱 놀랍지 않습니까? 방정환의 위대함과 천재성이 느껴질 겁니다.

우리는 지금 너무나 메마른 시대에 살고 있습니다. 세상은 각박하다 못해 황폐해졌습니다. 그래서 슬픈 사람들이 점점 더 늘어나고 있습니다. 그래서 사람이 사람에게서 인간미를 잃은 지 이미 오래입니다.

이런 시대일수록 동화를 읽어야 한다는 생각을 합니다. 특히 본성本性이 착한 사람, 동심을 지닌 사람, 단순하고 무

식한 사람들이 등장하는 소박한 이야기를 읽어야 합니다. 가뜩이나 온갖 세상일로 복잡한 사람에게는 더 그렇습니다.

　나보다 더 슬픈 사람 이야기를 통해서 위안을 삼을 수 있다면, 나보다 더 바보 같은 사람 이야기를 통해서 웃을 수 있다면 먼먼 하늘에서도 방정환 선생은 그런 당신을 내려다보며 미소를 지을 것입니다.

엮은이

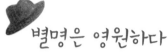

별명은 영원하다

호랑이똥과 콩나물 1

학교 생활에서 영원히, 영원히 없어지지 않을 거룩한 생명을 가진 것이 두 가지 있다.

하나는 시험 때의 방망이질. 또 하나는 선생의 별명 짓기.

첫째 놈은 여학교보다 남학교에 더 많고 둘째 놈은 남학교보다 여학교에 더 심하다.

그러나 첫째 놈은 저절로 없어질 운명을 가졌지만 둘째 놈이란 이 놈은 선생이 이 세상에서 없어지면 모를까……. 그것이 존재하는 이상 영원불멸의 위대한 생명을 가진 놈이다.

대답만 느리게 해도 얼굴이 파랗게 질려가지고 바늘 끝같이 콕 찌른다고 '호열자虎列刺 선생'이라는 이름을 지어 바치고, 노할 때도 노하지 않고 인심이 너무 좋으면 '팔삭八朔 선생'이란 별명을 바치고, 술을 몰래 사먹는다고 '밀매음密買飮 선생' 혼자 먹는다고 '독탕獨湯 선생' 구레나룻이 많으면 '대학목약大學目藥, 이 무렵 인기 있는 안약 광고 모델이 구레나룻이었다 선생' 수염을 깎으면 '채플린 선생'이 학교 저 학교 옮겨다니기 잘 한다고 '마와리마와리는 일본어로 순회하다는 뜻이 있음 선생' 얼굴이 예쁘고 맵시가 있으면 '기생서방'.

기생서방에도 선생 소리를 붙이는지 안 붙이는지 그것까지는 모르겠으나 대개 위엣 것은 남학생들이 지어 바친 걸작 중의 몇 개요, 여학생들이야말로 참말로 위대하게 민감해서 별명을 짓되 선생이 처음 온 지 불과 2, 3일 내에 벌써 하나씩 지어 바친다.

두루마기 동정이 때가 묻었다고 '홀아비 선생' 모양낸다고 '건달 선생' 곁눈질한다고 '가자미 선생' 보통 때는 꾸짖지 않다가 시험 때 끗수 깎는다고 '구렁이 선생' 여선생이 학생 앞에서 떼 잘 쓴다고 '시앗 선생' 말하는 것 느리다고 '느슨이 선생' 까분다고 '출랑이 선생' 너무 똑똑하다고

'나막신나막신 신고 걸으면 똑똑 소리가 나니까 선생' 얼굴에 여드름 자국 많다고 '나쓰미깡귤의 일종으로 보통 감귤보다 크고 거죽이 더 두툴두툴하다 선생' 키다 크다고 '록샤구록샤쿠는 6척이라는 뜻의 일본어 선생'이라는 것은 옛날 여학생들이 지은 별명이요, 해산하는 데 이틀 걸렸겠다고 '2일 선생'이라고 지금은 한다니 우리 사랑스러운 여학생들이야말로 정말 이 방면의 천재들이라고 할 것이다.

점잖으면 점잖은 별명, 까불면 까불이 별명, 딱딱해 별명, 똑똑해 별명, 그래도 교장 선생에게는 감히 별명을 지을 학생이 없으려니 하면 낭패 본다.

야단을 잘 친다고 '순사'라는 별명을 얻어 가진 교장도 있었고, 보통은 무섭다고 '어마 뚝'이라 하여 어디서든지 흔히 교장은 '호랑이똥'이라고 공통하게 이름을 지어 바친다.

"이크 똥이다, 똥이야."

하거나

"이크 도라호랑이다, 도라 도라 도랏."

하면 오줌을 누다가도 오줌줄기가 도로 들어가게 무서워서 움찔한다.

설마 때리기 잘하는 체조 선생에게는 감히 별명을 못 짓

별명은 영원하다

겠지……. 그것도 모르는 소리다. 학생처럼 장난을 좋아하는 점으로, 교무실 식구치고는 성질이 학생들과 가까운 점으로, 체조 선생이란 어느 학교에서든지 학생이 구수해 마지않는 때가 많지만 가끔 가다 인정사정 반 푼어치 없이 뺨을 후려 때리는 통에, 여선생은 여학생을 꼬집어 뜯는 통에, 또는 뙤약볕에 웃통을 벗기고 체조를 시키는 통에, 미움도 제일 많이 받는 것이요, 미움을 많이 받으니까 별명도 많이 얻어 갖는다.

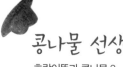

콩나물 선생

호랑이똥과 콩나물 2

서울 중앙中央에 있던 조철호우리 나라 보이스카우트운동을 창시한 분. 독립운동가 씨는 일찍이 '계산桂山. 중앙학교가 있던 지명 호랑이'라는 이름으로 명성이 높았지만 다른 학교에서는 체조 선생에게 흔히 '콩나물 선생' 이라고 공통하게 별명을 짓는다.

음악 부호가 콩나물 대가리 같다고 하여 음악 선생이 차지해야 할 '콩나물' 이라는 별명이 어찌해서 체조 선생에게 횡령을 당했느냐고 하면, 체조 선생 치고 재미있는 이가 없으니까 콩나물같이 싱겁다고 '콩나물 선생' 이라고 한다지만, 적어도 콩나물이란 이름이 음악 선생에게서 체조 선생에게로 넘어간 데 대해서는 역사 선생도 모르시는 깊은 역사가 담겨 있는 것이다.

예전 보성고보지금의 고려대학교에 계시던 이○상 선생의 호령 소리가 마치 콩나물 장수가 콩나물 사라고 외치는 소리 같다고 해서, 추운 새벽에 호흡체조 시키러 나오는 선생의 얼굴이 밉살스러워서

"콩나물 사우."

"콩나물 사려."

하고 놀리기 시작해서 그것이 각 학교에 퍼졌다고 그때 보성고보에 다니는 학생들은 누구든지 알고 있다. 그러나 실은 그보다도 더 오래된 옛날부터 콩나물의 역사는 있어 내려온 것이다.

지금으로부터 20여 년 전에 사립 보성소학교가 서대문 안, 지금의 경성중학교 정문 건너편경향신문사 근처 예전 문화체육관 건물 옆 성경학교 터에 있을 때 김○근이라는 체조 선생이 있었다.

그때는 소학교 학생이 지금과 달라서 처음 신학문 배운다고 서당에서 넘어온 때이기 때문에 모두 상투를 틀고 갓을 쓰고 수염 난 학생들이 큰기침하면서 양반걸음으로 다

닐 때였다. 상투 틀고 갓 쓴 학생들에게 무슨 정성으로 체조는 가르치겠다고 체조 선생을 두 사람씩 두었는데, 그 중에도 정교원은 평양 병정 중에 하사下士 격이나 되는 이였고, 서울 사는 김○근씨는 부교원으로 조수처럼 있었다.

그때는 그래도 구한국 시대라 군대식 교련을 한다고 상투 틀고 갓 쓰고 옹기바지 질질 끄는 학생들에게 무슨 군대식이 그리 필요했는지, 그래야만 쓴다고 군인 중에도 강하기로 소문난 평양 병정 중에서 하사 1인을 택해오고, 그것이 부족해서 후일 콩나물 역사를 지어 남길 우리 김○근씨를 부교원으로 채용한 것이다.

지금과는 달라서, 그때는 각 학년의 체조 시간을 따로따로 정하는 것이 아니라 꼭 점심때 뙤약볕이 한창 기승을 피어 모래알이 이글이글 타오를 때 전교 학생 3백 명을 모두 마당에 내세우고 한꺼번에 체조를 시켰다.

정교원이 언덕 위에 높이 서서

"차렷!"

"좌향 웃, 앞으로 갓!"

하고 마음대로 호령을 부르면 갓 쓴 학생들이 상투나, 땋아 늘인 총각머리를 흔들흔들 차면서 호령대로 땀을 흘리면서

콩나물 선생

움직인다. 부교원인 우리 김선생은 호령도 못 불러보고 심
심해서 그랬는지 어쨌는지 '차렷!' 하고 서 있는 학생의 열
뒤로 발소리도 없이 살살 다니면서 무릎 오금을 콕 찔러본
다. 그러면 무릎이 앞으로 굽혀지지 않는 사람이 없는데, 굽

혀지기만 하면 어느 틈에 뒤에서 귀와 빰을 올려 때린다. 청천의 벽력이 아니라 어둔 밤의 벽력도 분수가 있지, 아무 소리 없이 뒤에 와서 무릎 오금을 찌르고는, 찔러도 쇠말뚝처럼 꼿꼿한 채로 서 있지 않는다고 후려 때리니 상투잡이 학생들은 그만 기절을 해 쓰러진다.

"이놈아, 일어서! 이 송장 같은 놈아!"

하고 소리질러 일으켜 세워놓고는 하시는 말씀이

"이놈아 한번 차렷을 한 후에는 휴식을 부를 때까지는 대포로 쏘아도 까딱 말아야지, 무릎에 기운을 안 주고 섰으니까 오금을 조금 건드려도 흔들리지. 이 송장 같은 놈들아. 너 같은 놈이 어찌 전장戰場에 나아갈 테냐? 밥이나 죽이지."

하고는 그 다음 사람의 오금을 또 찌른다.

금방 옆에서 당하는 것을 보았으니까 두 무릎에 힘을 잔뜩 주느라고 이를 악물고 기운을 쓰고 섰건만 정작 김선생이 뒤에 와서 오금을 찌를 때는 그만 기운을 너무 주던 끝이라 안 나와도 좋을 방귀만 뿡 하고 터지고 무릎은 앞으로 굽혀진다.

벽력 호령! 눈이 빠지게 두들기고는 하시는 말씀

"이놈아 무릎에 기운을 주랬지 누가 방귀를 뀌랬니? 이놈아 상투가 부끄럽지도 않아?”

“전장에 나가서도 방귀를 뀔 테냐?”

얼마나 우습던지 옆에서 체조하던 학생들이 참지 못하고 픽픽 웃었더니

“이놈아. 무엇이 우스워. 앞에서 호령하는 소리가 안 들리니? 누가 웃으라고 호령하디 응, 이놈아 전장에 나가서도…….”

벽력은 여기서도 또 내린다.

“아니에요. 방귀 소리가 우스워서 웃었어요.”

“이놈아 방귀는 내가 들었으면 그만이지 너 들으라고 뀌었다디?”

또 벽력! 맞은 학생의 코에서 코피가 슬슬

이렇게 호령하는 선생은 따로 있고 김선생은 뒤로 다니면서 때리는 것이 위주니까 한 시간에도 얻어맞는 사람이 십여 명씩이라 미움은 혼자 도맡아 받으면서도 활갯짓만 치고 다니신다.

어찌하다가 정교원이 병이 나서 못 나오는 날이면 그날은 신이 나서 높은 데 올라서서 얼굴이 빨개지도록 소리를 질러 호령을 하는 것이 미워 죽겠다. 호령을 하다가도 눈에

틀리는 학생이 있으면 호령하다 말고 쫓아 내려와서 발로 차고 때리고, 또 옆에 사람이 웃었다고 두들기고 하느라고 정신없어서 그 덕에 다른 학생들은 그동안 체조를 하지 않고 놀게 되니까 그것이 제일 기뻐하는 일이었다.

이러니 학생들, 더구나 상투 달린 수염 난 학생일수록 체조 시간이라면 원수같이 싫어하는 터이다. 학생들이 더러 그 선생의 병들기를 기도해도 몸이 어찌 튼튼한지 불 속에 집어넣어도 살 한 점 탈 것 같지도 않아서 더욱 미워했다.

하루는 박점룡이라는, 근 서른 살 된 학생이 체조 시간이면 정해놓고 자기를 두들기는 것이 미워서 체조 시간에 어디로 도망가고 없는 것이 발견되자, 우리 전장 선생 김선생은 골이 어찌 났던지 3백 명 상투 학생을 일시에 풀어 내보내면서 어디든지 가서 박점룡이를 잡아오라고 했다. 수가 3백 명이라 얼떨결에 체조 안 하게 된 것만 좋아서 거미떼같이 좍 헤어져 나가서 동리동리 작은 골목마다 들치면서 얼마나 열심히 찾았던지 여럿이 덤벼 잡아서 학교로 끌고 가서 김선생 앞에 바치니까, 이번에는

"탈주자는 잡혔으니 찾으러 나간 학생은 다 들어오라."

고 하는 군호軍號로 나팔을 불고 북을 두들기며 소란을 피웠

콩나물 선생

으나 핑계 삼아 달아난 학생들이라 별로 돌아오지 아니하여 그 다음 시간도 수업을 못하고 학교 안에 일대 문제가 되었다.

그러나 그것은 고사하고, 잡아온 박 학생을 동산 위 언덕 위에 높이 있는 밤나무 위로 기어 올려보내 철봉대에 달리듯 대롱대롱 매달리게 해놓고는 김선생이 자기 손으로 박의 허리띠를 끌러놓았다. 그러니 바지는 주르륵 밑으로 흐르고 사루마다_{속잠방이}도 모르고 사는 시절이라 맨 궁둥이와 맨 종아리가 그냥 빨갛게 나온 것을 김선생이 버드나무 몽둥이로 때렸다.

지금 같으면 크게 문제가 될 터이지만 옛날 옛적이라 맞은 학생만 그 즉시로 퇴학하고 말았다.

김선생의 행사가 이런지라 학생들 미움을 많이 받았을 것은 말할 것도 없다. 그렇다고 지금처럼 동맹휴학이란 것도 모르고 사무실이나 교장에게 진정을 할 줄도 모르니 그냥 울며 겨자 먹기로 죽기보다 싫은 체조를 배우고 지냈는데, 한번 어떤 기회에 알아보니까 그 미움받이 김선생의 집이 동대문 밖이라 하는 고로 장난꾼 학생 몇이 동대문 밖에까지 나가 그 집 근처에 가서 알아본 결과, 잘 알았는지 못 알았는지 그 김선생의 아버지가 콩나물 장수라 하는 것이었다.

이 말을 들은 학생들은 범이나 잡아온 듯이 좋아하면서 그때부터 먼 데서라도 김선생의 얼굴을 보면

"콩나물 사려!"

"콩나물 사려!"

하고 소리를 지르기 시작했다.

그러나 예민하지 못하신 김선생은 그것이 자기를 들으라고 하는 소리인 줄 모르고 태평으로 지냈는데, 그 후 두 달이 못 지나서 어느 학생이 변소 벽에다가 그것을 써놓는 통에 김선생이 그것을 보고 눈치를 채기 시작했다.

제일 첫 번째 붙들린 학생을 손바닥이 아프게 때려놓고는

"이놈아 콩나물이 어디 있어. 콩나물을 사라고 했으니 콩나물을 내놔."

"아니에요. 장난으로 그랬어요."

"장난? 콩나물이 무슨 장난이야. 이놈아, 내가 모르는 줄 알고 그러니? 이놈의 자식아."

벽력, 또 벽력. 학생은 쓰러져서 고개도 쳐들지 못했다.

수중 강행군
호랑이똥과 콩나물 3

어느 해 늦은 여름이었다. 원족걸어서 가는 소풍을 가는 때였는지 행군 연습을 하는 때였는지, 3백여 명 학생을 4열 종대로 서대문 감옥 앞 무악재 고개를 넘어 홍제원 내를 끼고 돌아 세검정을 거쳐서 창의문으로 해서 효자동으로 돌아오기로 하고 떠났다. 다른 선생들은 학감까지 섞여서 뒤에 떨어져 오고 맨 선두에는 우리 전장 선생 콩나물 선생이 서서 행군을 했다.

그런데 나팔소리에 맞춰서 무악재 고개를 넘어가기까지는 좋았다. 그러나 마침 장마 뒤끝이라 홍제원 그 큰 시내는 시뻘건 물이 한강물같이 흘러서 논과 길까지 물에 덮였

다. 누가 호령을 한 것도 아니지만 선두의 나팔수는 나팔을
그치고 일동은 딱 전진을 그치고 섰다.

　그랬더니, 그랬더니 말이다. 선두 지휘가 다른 사람 아닌
콩나물 선생이 어찌되었을까 말이다. 뒤에 떨어져 따라오
는 학감과 다른 선생들을 기다려 의논해야 할 것이 당연한

 수중 강행군

일이건만 그 점이 우리 콩나물 선생의 남다른 점이라 선생은 공연히 얼굴을 붉혀가지고

"이놈들아, 누가 가지 말라고 호령을 하더냐. 왜 이러고 섰어."

"아니 물속으로 들어가요?"

"이놈아, 물이거나 불이거나 서라는 호령이 없으면 그냥 나아가야지."

"그렇지만 이 물속으로 어떻게 그냥 나아갑니까?"

"이놈아 전장에 나아가다가도 물이 있으면 설 테냐?"

전장이라는 말에는 할 말이 없다. 대답은 못하고 그렇다고 나아갈 수는 없고 쩔쩔매고 섰노라니까, 콩나물 선생님이 뒤로 10여 보 물러서더니 전군을 향해 벽력 같은 큰 소리로

"앞으로 갓!"

하고 소리를 쳤다.

여름이지만 조선 버선이니까 모두 솜버선을 신었고, 거기다 옛날 중신을 신은 학생들은 그냥 철벅철벅 시뻘건 물속으로 행진해 들어갔다. 물이 적기나 한가. 시뻘건 흙물이 거의 정강이까지 오르니 걸음이 잘 걸리지 않는다.

"나팔을 불어, 나팔을 불어. 왜 안 불어."

'물에 잠겨서 걸음은 안 걸리고 옷은 몸에 휘감기는데 나팔을 불라니 거의 죽을 지경이다.

뒤의 학생들은 철벅철벅 물속으로 가면서도 모시 두루마기만은 적시지 않으려고 걷어 치켜 쥐고 나아간즉

"두루마기 붙잡지 말아. 손을 놔. 손을 놔."

하는 수 없이 3백 명 학생은 시뻘건 물속으로 그냥 주춤주춤 행진해 나아갔다.

학생은 학생들대로 이미 물속으로 행진해 들어갔거니와 뒤에 멀거니 떨어져 오던 학감 각하와 다른 선생님들은 물 가까지 와보고 기절했다. 물이 이렇게 끼었으면 의논할 여부도 없이 도로 회군해 갈 것이다. 그런데 귀염둥이 콩나물 선생이 벌써 학생들을 끌고 물속으로 멀리 행진을 해놓았으니 이 노릇을 어찌할꼬 하며 앙천대곡仰天大哭을 한 꼴이었다.

"저런 미친 사람 미친 사람. 그 사람이 미쳤어, 미쳤어. 미쳤길래 그러지."

학감 각하께서 발을 동동 구르며 야단이시지만 선생들이 아무리 목소리를 합쳐서

"여보— 여보—"

수중 강행군

하고 소리를 질러 불러도 물 소리와 나팔 소리 때문에 벌써 꽤 멀리 수중 행군을 하고 있는 콩나물 선생 귀에 들릴 까닭이 없었다. 하다하다 못해 학감 각하는 도로 돌아 들어가고 다른 선생들은 우는 얼굴을 하면서 두루마기만 들쳐 들고 물속으로 따라 나섰다.

무엇이 유쾌한지 콩나물 선생은 신이 나서

"불어, 불어. 나팔을 쉬지 말고 불어."

하면서 뒤에서 다른 선생들이 갖은 욕을 다 퍼부으면서 오는 줄도 모르고 그냥 전진을 했다.

이리하여 세검정을 지나 창의문으로 기어오를 때는 물속에서 나온 쥐 모양으로 후줄근해지고 중신은 물에 불어서 질척질척해졌다. 그래도 나팔을 불면서 넘어가는데, 그 중에는 기왕 젖은 옷이라 일부러 물속에 앉았다 가는 학생도 있어서 그 꼴이 우습기 짝이 없었다.

그러나 그 이튿날 감기가 들어서 못 온다는 학생이 40여 명이나 되었다. 그렇지 않아도 잔뜩 벼르고 있는 학감 영감님께 우리 용감한 콩나물 선생은 적잖이 기름을 짜이고 나왔다.

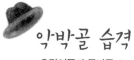

악박골 습격

호랑이똥과 콩나물 4

그때는 해마다 봄이나 가을에 각 관사립학교_{官私立學校}가 전부 연합해서 대운동회라는 것을 개최하고 우승기 싸움이 있었다. 그래서 이 운동회가 임박하면 각 학교는 미리부터 그야말로 맹연습을 여러 날 두고 한다. 대표선수에게는 인삼과 계란을 먹인다 하고 수선이 굉장했다

어느 해 봄에 대운동회가 열리게 되어서 보성소학교에서는 무악재 고개 밑 악박골_{현저동 서북쪽에 있는 마을} 들어가는 어귀에 매일 연습을 하러 갔었다.

하루는 마침 3월 삼짇날이라 서울 시내 시외의 부인네들이 아침부터 악박골로 몰려들었다. 지금과 달라서 트레머

리나 파라솔은 없지만 장옷 입은 이, 치마 뒤집어쓴 이, 늙은 부인, 젊은 새색시, 바가지 든 사람, 점심 차려서 하녀에게 들려 오는 사람, 실로 몇 천 명인지 모르게 악박골로, 악박골로 들이밀렸다.

저녁이 되어 해가 지려는 때 연습이 끝나고 학교로 돌아오려고 할 때 학생들이

"선생님 악박골 가서 물 좀 먹고 가지요."

"오늘이 삼월 삼짇날인데 악박골 물 좀 먹어야지요."

하고 콩나물 선생을 충동했더니, 그리하자고 곧 시원스럽게 승낙을 하시고 우향우右向右를 불러서 악박골로 행진을 했다. 지금은 자동차도 들어가지만 그때는 산비탈 길이라 길도 있는 듯 없는 듯한 것을 그냥 열을 지어 들어갔다.

그러나 워낙 부인네들이 많이 몰려들어서 악박골 골 안이 빡빡하게 메우듯 해서 단 한두 사람도 들어갈 틈이 없는 터라 학생들의 행진은 중턱까지도 못 가서 더 들어가지 못하고 우뚝 서버렸다. 좁다란 산비탈 길에서 이 지경이 되었으니 3백여 명 학생이라 산비탈에 그냥 뱀 껍질처럼 줄이 늘어서게 되었다.

뒤에 학생들은 영문도 모르고

"웬일이야. 왜 더 안 들어가고 산턱에 우뚝 섰느냐."

하고 궁금해 하다가 앞에서 영영 나아가지를 않으니까 한 사람씩 두 사람씩 소식을 알려고 선두로 나오고 나오고 하여 어느 틈에 열은 저절로 흩어지고 앞으로만 모여들어서 한 뭉텅이가 되었다.

"무어 들어갈 틈이 있어야지."

"그냥 도로 돌아가지요. 어디 들어간들 물이나 얻어먹을 수 있겠습니까."

"한두 사람도 아니고 3백 명인데."

이러는 판에 한 학생이

"선생님, 전장에 나온 셈치고 한번 고함을 치면서 와짝 돌격을 해 들어가보지요. 선생님께서 호령을 해주십시오."

하고 콩나물 선생을 충동했다.

전장에 나온 셈이라는 말에 신이 났던지

"한번 해볼까?"

하신다.

"해보지요. 해봐요. 호령만 하십시오."

기어코 콩나물 선생이 신이 나서 벽력보다도 더 큰 소리로

"돌겨억!!"

악박골 습격

하고 소리를 쳤다. 자기도 어찌나 신이 났던지 바로 마상馬上에 높이 앉아 장검을 빼는 듯한 맵시로 한 팔을 높이 들어 악박골 안쪽을 가리키면서 벽력보다 더 큰 소리를 질렀다.

우아악!!!

3백여 명이 일시에 소리를 지르면서 전진해 들어가니 참말 꾕장히 큰 소리라 그 안에 있던 수많은 부인네들은 난리가 나는 줄 알고 그만 혼비백산하여 에구머니 소리를 지르면서 곡성이 진동하면서 저마다 물바가지며 점심 그릇, 돗자리를 그냥 던지고 산꼭대기로 거미 떼같이 흩어져 기어 올라갔다.

곡성은 하늘에 진동하지만 악박골 골 안에는 삽시간에 사람 하나 남지 않고 바가지들과 돗자리와 그릇만 편 싸움판에 돌멩이만 떨어져 있듯 여기저기 어지럽게 떨어져 있었다. 3백 명 학생은 내 집같이 대활보로 들어가서 깔깔거리고 웃으면서 흩어진 바가지를 주워들고 물을 퍼다가 돌려가면서 먹었다.

그때 맨 처음 뜬 물을 우리 총사령관인 콩나물 선생께 바쳤더니 자못 상쾌한 웃음을 웃으면서 한 바가지를 한숨에다 잡수셨다.

이튿날은 서울 장안에 소문이 쫙 퍼지되 애 떨어진 부인이 많았다고까지 돌았다. 그 덕택에 우리 콩나물 선생은 가엾게도 학감 영감의 초대를 또 받았다.

　그러나 가끔 이런 재미가 있어서 콩나물 선생은 미움을 받으면서 때때로 학생들과 구수해지는 것이었다.

대설전!

호랑이똥과 콩나물 5

학생 잘 때리기로, 뙤약볕에 체조 잘 시키기로 유명하여 미움이란 미움은 혼자 도맡아 받는 선생이 동대문 밖 콩나물 장수의 아들인 까닭으로 콩나물이란 별호를 차지한 김○근 선생, 구한국 병정이던 까닭으로 무식은 하나마 말끝마다

"이담에 전장에 나가서도 그럴 테냐."

고 두들기는 김선생. 부교원인 설움에 정교원이 결석하는 날만 호령을 질러보는 김선생. 무지하게 두들기기 잘하는 까닭으로 미움을 받고 힉생들처럼 어리광스런 장난을 잘하는 까닭으로 학감에게 꾸지람 듣는 실패가 많으나, 그것이 도리어 학생들의 비위에 맞아서 미워하면서도 구수해 하는 귀염성 많은 인물이었다.

체조 시간이 싫어서 도망한 학생 하나를 잡아들이라고 체조 시간에 전교 학생 3백여 명을 풀어놓고 학감에게 기름을 짜인 일, 악박골 물 터에 물 한 모금 먹으려고 3백 명 학생으로 습격을 시켜서 부인네 천여 명을 놀라 달아나게 해놓고 학감에게 몰리던 일, 학생은 전장에 나가는 군인이라고 원족하다가 홍수진 물속으로 전진시켜 감기를 들려놓고 학감에게 야단맞은 일.

이런 어리광스런 무용담들은 앞에서 이야기하였거니와 이번에는 눈싸움에서 생긴 대사건으로부터 시작해보자.

우리 사랑스런 콩나물 선생은 입만 열면
"전장"
"전장"
이 쏟아져 나오는 이라서 겨울이 되어 눈만 오시면 강아지처럼 기뻐 날뛴다.
"선생님, 눈이 이렇게 오시니 눈싸움 해야지요?"
하고 건드리면
"아무렴, 해야지. 단단히 해야지."

대설전!

하면서 어깨가 으쓱으쓱한다. 눈이 많이 오시면 체조 공부도 빼먹고 전교 학생을 두 편으로 갈라서 눈싸움을 붙여놓고 자기는 가운데서 경중경중 뛴다.

평소에 그에게 얻어맞기 잘하는 학생은 기다리고 기다렸다가 눈싸움 하는 판에 눈덩이를 단단히 뭉쳐서 콩나물 선생만 겨냥하여 때리건만 그래도 무엇이 그리 기쁜지 뺨이나 목덜미를 얻어맞으면서도 경중경중 뛰면서

"어서 던져! 어서 던져! 함성을 치면서. 함성을 쳐!"

"전쟁에는 원기가 제일이야."

하면서 부채질을 해준다.

그런데 그 눈싸움 때문에 한번은 대사건이 생겼다. 그때의 보성학교는 서대문 안 경성중학교 정문 맞은편, 지금 성경학교 자리에 있었다. 그 학교 운동장에 연해 있는 남쪽 동산 위 야트막한 벽돌 담 너머는 노국露國 성교당聖教堂, 러시아 정교회 교회당이어서 노국 아이들도 놀고 통역관의 식구들도 놀고 있었다.

마침 이편에서 체조 시간에 대설전大雪戰이 벌어져서 폭탄 같은 눈덩이가 공중에서 난무하는 판인데 그것을 담 너머

에서 보고 구경하다가 신이 나던지 노국 성교당 편에서 눈덩이가 서너개 이리로 넘어왔다.

"야, 저놈의 집에서 이리로 눈을 던진다."

"아라사^{러시아} 놈들이 그러나보다."

"우리 그놈들을 혼을 내주자."

"선생한테 말을 하고 해야지."

"말하면 못하게 말릴 텐데."

"아니다. 콩나물한테 말하면 신이 나서 좋아할 거다."

학생 중의 몇 사람이 수군거리다가 전장 선생에게로 갔다.

"선생님, 저 담 너머에서 아라사 애들이 눈을 자꾸 이리로 던지는데 가만 두어야 합니까?"

"이것도 전쟁인데 한번 무찔러서 버릇을 고쳐놓지요."

이때 그 담 너머에서 또 한 덩이가 넘어와서 콩나물 선생의 한 칸쯤 앞에 떨어져서 굴렀다.

"한로^{韓露} 접전이올시다. 한번 해보지요. 그까짓 놈들 혼이 나게."

"그래라. 일제히 함성을 치면서 돌격을 해라!"

한로 접전이란 말에 뱃속에 가득 찬 '전장' 이란 벌레가 움직이기 시작한 모양인지 그래라! 하는 소리가 몹시도 상쾌했다.

명령 한마디에 3백 명 학생이 '이게 웬 땡이냐' 하고 신이 나서 일시에 노국 성당으로 눈덩이를 퍼부으면서 '으악!' 소리를 치면서 동산 위로 돌격해 올라갔다. 의외의 무서운 기세에 깜짝 놀란 노국 아이들은 우박같이 쏟아지는 눈덩이에 견디지 못해서 양관洋館 속으로 도망해 들어가더니 저마다 손에 총을 하나씩 들고 나와서 쏘기 시작했다.

총이라야 새 잡는 공기총이지만 지금 유행하는 것처럼 작고 경편輕便한 것이 아니고 제법 큰 것이었다. 새 잡는 총이 무서우랴 하고 그냥 이편에서는 눈덩이만 던지다가 3학년의 이모李某가 손바닥에 총알을 맞아, 팥알 같은 총알이 살 속에 박혀서 겁결에 죽는 줄 알고 데굴데굴 구른다.

일이 이렇게 되니 우리 콩나물 선생 얼굴이 시뻘게지고 노기가 머리끝까지 뻗친 것은 물론이요, 전군全軍이 격분했다. 그러나 떨어지면 흩어져버리는 눈덩이쯤 가지고는 총을 당해낼 도리가 없다. 그렇다고 지금과 달라서 그때만 해도 옛날이리 온 경성京城을 다 턴다 해도 새총을 십여 자루 얻어올 길이 없었다.

"얘들아!"

노기 충천하게 된 우리 전장 선생은 입을 열었다.

"이 앞에 청인淸人들의 가게에 가서 딱총을 모아 오너라."

"왜 길다란 댓가지 끝에 달린 것인지 불을 그어대면 화살 같이 튀어나가는 것 말야. 그놈을 모아 와!"

"돈이 있어야지요."

콩나물 선생은 화가 나서 자기 주머니를 쏟았다. 거기서 모두 나온 것이 엄청나게 17전! 그러나 이 일에 충동되어 그 많은 학생이 저마다 주머니를 털었다. 모인 돈이 9원 30전! 열 사람의 학생이 달음질해 나가서 겨우 7원어치를 모아들였다.

 대설전!

학생은 세 패로 나뉘어 한 패는 돌멩이 한 개씩을 박아서 눈덩이를 뭉쳐 공급하고, 또 한 패는 그것을 받아 집어 갈기고 나머지 한 패는 화살 딱총질을 시작했다. 돌 박은 눈덩이는 소위 성교당의 유리창을 제꺽 깨뜨리고 성냥불만 그어대면 시뻘건 불덩이가 총알같이 화살같이 적의 얼굴을 향해 닫는다.

적은 불을 피해 이리 쫓기고 저리 쫓기며 나무등걸 뒤로만 쫓아다니면서 총질을 했다. 이편에서는 총알을 피하느라고 담 밑에 고개를 살짝살짝 감추면서 화총을 내쏘아 격전도 격전, 정말 실전이 벌어졌다.

격전 30여 분!

저편에서 먼저 탄환이 없어져서 모두 쫓겨서 교당 속으로 들어갔는데, 개선가를 부르는 학생들이 미리 서소문 안으로까지 딱총을 사러 보냈던 것이 와서 그것을 가지고 또 달려들어 유리창 안으로 쏘았다. 또 어른이거나 아이거나 눈에 뜨이는 대로 불살을 쏘아댔다.

이리하여 우리 콩나물 선생의 호기로 보기 좋게 승전을 했다. 그러나 한 시간이 지나지 못하여 수염 많은 신부 통역이 학교 정문으로 돌아 들어와서 사무실 학감 영감께 엄중 항의를 한 덕택에 개선장군 콩나물 선생은 또 학감 앞에 가서 한 시간이나 기름을 짜였다.

비단옷을 태우다

호랑이똥과 콩나물 6

학감 영감이 아무리 볶는 콩 튀듯 하거나 자기가 아무리 기름을 짜이거나 조금도 풀이 꺾이는 법 없이 태연히 할 짓을 하는 데 콩나물 선생의 남다른 감이 있는 것이다.

그렇게 일마다 책망을 들으면서도, 그래도 먼저 학감이나 누구에게 의논해보고 하는 법이 없는 콩나물 선생이 어느 해 겨울에

"어느 때든지 전장에 나갈 군인격軍人格을 갖추자면 제일 먼저 사치하는 나쁜 버릇을 없애야 하는 것이야. 학도들은 일체 비단옷을 입으면 안 돼. 내일부터는 일체 입지 말아."

하고 일러놓고 그 이튿날 체조 시간에 보니 비단 조끼, 비단

토시를 입은 학생이 하나도 없는 고로 대단히 만족해 했다.

그러나 나중에 알고 보니 체조 시간 전에 비단옷은 모두 벗어서 책상 속에 감추어두고 나왔던 것이어서 그 시커먼 콩나물 선생의 얼굴이 시뻘게져서 사무실에서 혼자 식식거리고 있었다.

그 이튿날이다. 이날은 아침밥도 안 잡수셨는지 새벽부터 오셔서 학교 문에 딱 버티고 앉아서 들어오는 학생마다 두루마기를 헤치고 조끼를 검사하고 대님 허리띠까지, 비단이면 모두 끌러놓고 벗어놓고 들어가게 했다.

이리하여 모본단 조끼 30여 벌, 비단 토시 50여 벌, 대님 허리띠 130여 개를 거두어서 소사小使, 학교에서 잡일을 하는 직원 방에 싸두었다가 오후 하학 후에 전교 학생을 돌아가지 못하게 해서 운동장에 모아놓고 훈화하시는 말씀.

"이놈들아, 내가 너희들 비단옷 입은 것을 시기해서 입지 말라는 줄 아니? 너희들은 국가의 간성干城이야. 우리 나라의 울타리가 되고 주춧돌이 될 사람들이야. 세상은 망해가는데 너희들은 그렇게 철이 없이 고운 옷만 입고 싶단 말이냐. 우리 교장님은 연설을 하시다가 경무청에 잡혀 들어가시지 않았니? 너희들은 그보다 더한 데를 들어가더라도 무

비단옷을 태우다

서슴 없이 국가의 간성된 책임을 다할 줄 알아야지, 비단옷을 입고 편하기만을 바라는 놈이 나라를 어떻게 구할 용기가 날 테냐. 이 돼지 같은 놈들아. 그 따위는 이 나라 백성이 아니야. 이 나라 학도가 아니야. 교장님처럼 길거리에 나가 연설하든지, 연설을 못하면 돌멩이라도 하나 집어던지든지 왜 못한단 말이냐. 너희들까지 오늘내일 오늘내일하는 판을 모르고 철없이 굴면 누가 이 동포를 살린단 말이냐."

그 검고 무뚝뚝한 얼굴에 눈물이 흘러내렸다. 지식이 많지 못한 이라서 거칠기는 하나 진정한 말이었다. 그때는 참말 조선의 말년이었던 것이다. 바람 앞에 촛불같이 아주 꺼져버릴 시간이 눈앞에 아른거려서 전체의 공기가 이상한 때였다. 학생들이 이날처럼 선생의 말씀을 근숙謹肅히 들은 때는 없었다.

"너희들이 나를 원망하려면 원망해라. 나는 욕을 먹을지언정 너희들이 그렇게 더러워지는 꼴은 볼 수 없다."
하고 그는 소사를 시켜서 그 비단옷을 전부 다섯 개의 난로에 집어넣었다. 옷 타는 누린내가 온 동네 사람의 코를 찌르게 퍼졌다.

"너희들은 이것을 아깝게 생각하지 말고 이때까지의 사

치한 마음과 아주 영구 작별해야 한다."

　아무도 섭섭한 생각을 가질 학생이 없었다. 진정으로 사과하는 생각으로 가슴들이 뿌듯했다.

　무식해도 좋으니, 두들겨주어도 좋으니 이런 체조 선생이 지금도 더러 있어 주었으면 하는 생각이 든다. 눈물을 흘리면서 때리는 것이라면 그런 선생에게 얻어맞는 학생도 고마운 생각이 들지 않을 것이냐.

강제 단발

호랑이똥과 콩나물 7

이때까지의 이야기는 콩나물 제1세 선생의 귀여운 실패담이었으나 마지막으로 하나 남은 이야기는 체조 선생을 콩나물이라고 부르는 별명이 없어지는 날까지 영원히 전하여 칭찬받을 일대의 성공담이다.

서울 동대문 밖 콩나물 장수의 아들 김○근 선생이 구한국시대 군대의 일 병정이던 몸으로 보성소학교 체조 부교원으로 가지가지의 무용을 떨치던 그때는, 조선에 학교란 것이 처음 생기던 때였다. 교원도 망건 감투 갓 속에 커다란 상투를 달고 다녔고 학생도 상투 위에 갓을 쓰고 다니는

것이 대부분이었다. 지금의 여학교 처녀처럼 편발編髮, 혼례를
처리하기 전의 많은 머리을 길다랗게 늘이고 다니는 총각들이 더러
있었고 머리를 깎은 학생이라고는 교장님 댁 아드님하고
철 모르는 필자인 나하고 겨우 3, 4인밖에 없었다.

그때는 머리를 깎으면 생명이 없어지는 것으로 알기 때
문에 단순히 보기가 싫다든지 부모 상에 머리를 풀 수가 없
어서 안되었다든지 그만 정도로 싫어하는 것이 아니라 모
가지가 달아날 정도로 무서운 생명 문제였었다.

그래서 구세군救世軍에 들고도 머리를 못 깎아서 상투를
모자 속에 쭈그려 박고 다녔고 길거리에서 순검경관이 가위
를 감추어 들고 몰래 쫓아와서 지나가는 지게꾼의 상투를
반 동강 싹둑 잘라놓고 도망가면 지게꾼은 쫓아가다가 잡
지 못하고 그냥 길거리에 앉아서 버려진 상투를 붙들고 통
곡하곤 했다.

이런 판이라 머리를 깎으라면 학교를 퇴학하고 안 다닐
판이니까 학교에서는 감히 학생들을 단발시켜볼 꿈도 못
꾸고 있었다.

그러니까 학생들도 갓을 쓰고 다니고 선생들도 갓을 쓰
고 다녔는데, 학교가 다른 곳에도 있어서 어느 학교 학생인

지 분간을 못하게 되는 관계상 교표校標를 붙일 수 없어 두통을 앓게 되니까 어떤 학생은 궐련갑을 길다랗게 말뚝처럼 오려서 거기다가 '사립 보성학교'라고 붓으로 써서 갓에다 풀로 붙이고 다니기까지 했다.

한 해 또 한 해, 그럭저럭 머리를 깎지 못하고 그냥 지내는 터인데, 하루는 콩나물 김선생이 무슨 일인지 싱글벙글하면서 운동장으로 나오더니 전교 학생의 총집합 명령을 내렸다.

심술 많은 선생의 명령이라 체조 시간도 아닌데 또 웬일인가 하고 궁금해 하면서도 설설 기어서 학년 수대로 늘어섰다.

"차렷! 우로 나란히!"

각대 번호가 끝난 후에 콩나물 선생 말씀이

"정초가 되었건만 교주校主님 댁에 세배를 못 갔으니까 오늘은 세배를 가긴 가는데 소학교, 중학교, 전문학교까지 일시에 갈 테니까 일일이 대청에 올라가서 절을 할 수는 없고 내가 호령을 할 테니, 일제히 마당에서 예禮를 하되 고개만 숙이지 말고 허리까지 숙여서 코가 무릎에 닿도록 공손히 해야 한다. 어디 지금 여기서 두어 번 연습을 할 테다."

하고 무릎에 코가 닿도록 허리를 굽히는 법을 시키고 나서 소학교 1, 2, 3년 중학교 1, 2, 3년 차례로 4열 종대로 길거리로 인도했었다.

우리는 그때 소학생이라 교주님 댁에 세배 간다는 것을 퍽 기뻐했다.

학생들이 기뻐하는 데는 세 가지 까닭이 있었다. 첫째는 그날 오후 공부를 안 하게 된 것이요, 둘째는 오랜만에 행렬을 지어 큰길로 나가니 행인들이 부러워하면서 구경해줄 것이요, 셋째는 교장님만 한 번 학교에 다니러 와도 반드시 백로지 두 장에 연필 한 자루씩이나 공책을 몇 권씩 주는 시절이었으니까, 한층 또 올라서 교주님 댁이요 또 정초 세배니까 약식을 한 그릇씩 주시거나 과자라도 한 보통이씩 주실 것을 믿는 까닭이었다.

그때의 교주는 이용익李容翊, 구한국 말의 친로파 정치인 씨의 손자 이종호 씨였다. 그 집이 지금의 매일신보 바로 뒤에 있었고 그 옆에 평양 병정의 영문營門이 있었다.

대오를 나란히 해서 그 집에 들어가니 마당은 좁은데 소학교 중학교 따로 딴 집에 있던 전문학교까지 와서 그야말로 입추의 여지가 없이 빡빡했다. 조금 있더니 대문으로 중

문으로 무언지 흰 보자기를 덮은 물건을 지게에 지어서 산같이 한 짐씩 자꾸 날라 들어오는 고로

"옳다. 저것이 우리에게 나누어줄 과자다. 과자야."

하고 한없이 기뻐했다.

그 산 같은 짐이 몇 십 짐인지 들어온 후에 대문을 안으로 잠그고 또 중문을 안으로 잠그고 그 앞에 학감 영감이 딱 선다.

이윽고 교주님이 대청에 나왔는지 우리 눈에는 보이지도 않는데, 목소리 큰 콩나물 선생이 대청 앞 축대에 올라서더니 호령을 크게 하여 세 학교 학생이 일시에 허리를 굽혀 코를 무릎에 댔다.

'이제는 과자를 나누어줄 차례다.'

하고 기다리고 있자니 별안간 대청 앞에서 폭탄이 터진 것처럼

"아이구머니, 아이구머니."

하고 곡성을 내면서 우왁 하고 학생들이 뒤로 밀려나왔다.

그러나 뒤로 밀려 나갈 데가 없고, 저마다 아이구머니 아이구머니 소리를 치면서 살아날 구멍을 찾아서 이리 덤비고 저리 덤비고 난리가 났으니, 뒤에 섰던 학생은 무언지

까닭도 모르고 돌아서서 어쩌지어쩌지 하고 도망할 구멍을 찾았다.

그러나 중문 대문은 모두 잠겼다. 변소에까지 평양 병정이 못 나가게 막으며 태평스럽게

"왜 그래, 가만 있지 않고……. 가만히 있어."

무얼 가만히 있어. 여기 저기서 자꾸 사람 살리라는 소리가 일어나고 돼지 목 따는 소리 같은 사람 죽는 소리가 귀가 아프게 나는데. 가만히 있어가 무슨 말이냐.

5백여 명 학생의 갓이 벗겨지고 신발을 잃어버리고 저마다 눈이 뒤집혀서 살 구멍을 찾는다. 우리는 그때 나이가 어리니까 어머니를 부르며 울고만 있었다.

그 소란 중에 한참 후에야 알고 보니 그 집에 있던 평양 병정들과 사무원들이 손에 가위 하나씩을 들고 나서서 하나씩 붙잡아서 상투를 자르고 머리채를 자르는데, 그것이 무서워서 도망하려고 그 야단이 일어난 것이었다.

나는 기왕부터 머리를 깎고 다니던 터라 그제야 안심하고 가위 들고 쫓아가는 꼴을, 이리저리 눈이 뒤집혀 쫓기다가 붙들려서 죽는 소리를 지르는 꼴을 구경하고 있었다.

담은 높고 문은 잠기고 머리만 깎으면 아주 죽는 줄 아는

강제 단발

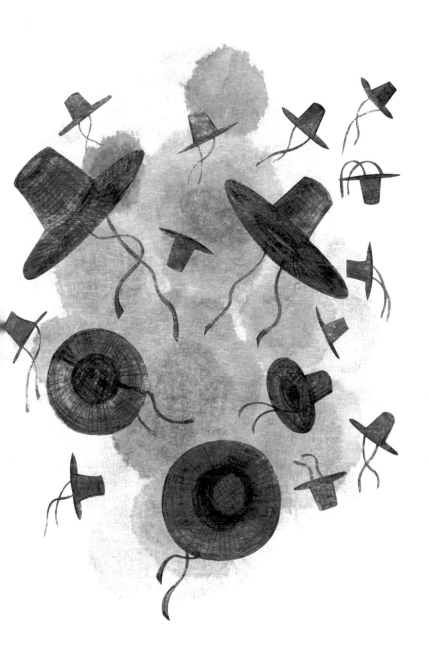

학생들이 변소 구멍으로라도 달아나려 하다가는 거기서도 지키고 있던 병정에게 붙들린다. 그 중에 몇 학생은 어찌나 급하던지 내사內舍로 뛰어 들어가서 뒤꼍 장독대 뒷담을 넘어서 기어코 도망했다.

그 도망해 달아난 학생 입으로 금방 소문이 퍼졌는지 자기 아들 죽인다고 학부형 집에서 어머니 아주머니 할아버지들이 울며 불며 큰길로 통곡하면서 모여들었다.

대문이 잠겨서 들어오지는 못하고 한길 바깥에 몇 백이 모여

"무슨 원수가 있어서 내 아들을 죽이느냐."

"남의 집 독자獨子를 왜 너희가 죽이느냐."

하고 발악하는 소리, 부르짖는 소리, 통곡하는 소리.

그러니까 대문 안에서는 상투 잘리고 머리를 잘린 학생들이 어머니 아버지를 부르며 통곡하는 소리…….

지옥도 그런 지옥은 없었다. 한길에 기절해 쓰러졌다는 여자가 많다는 소식이 들어오자 학감 영감은 눈이 휘둥그래서

"나가보아야겠다."

하고 문을 열려 하는 것을 어디서 알고 뛰어온 콩나물 선

강제 단발

생님

"안 됩니다 안 돼요. 지금 문을 열면 아무 일도 다 틀려요. 으레 이런 소동이 있을 줄 알고 한 일인데 그저 모른 체하고 계세요."

싸우듯 말렸다.

안팎에 울려 퍼지는 곡성은 더욱 처참해가고 나중에는 대문을 두드리며

"이놈들아, 그러면 너희들 원수를 안 갚을 줄 아느냐."
하고 노호怒號하는 사람까지 생겼다.

그러는 동안에 해가 지고 도망하던 학생들까지 거의 모두 머리를 깎아놓았다. 물론 한 학생을 병정 2, 3인이 붙들고 깎아도 안 깎으려고 고개를 이리 흔들고 저리 흔드는 까닭에 가위로만 싹둑싹둑 자르는 것이라 쥐가 뜯어먹은 것처럼 되었지만 그래도 밤 들기까지 대강은 잘랐다.

아까 흰 보자기를 덮어서 몇 십 번 날라 들어온 짐은 모두 모자였다. 그 모자를 머리에 맞는 대로 하나씩 골라 씌었다.

소학교는 그냥 흑색 둥근 모자, 중학생은 그 모자에 가는 금테 하나, 전문학생은 사각 모자.

그런데 이 통에 교원들까지 깎였다. 그리고 소학교 교원은 소학생 모자에 굵다란 금테 하나, 중학교 교원은 그 모자에 가는 금테 하나와 굵은 금테 하나, 전문학교 교원은 사각모에 굵은 금테 하나.

그때의 소학교 교장이던 이동휘李東輝 씨도 동그란 소학생 모자에 굵다란 금테 하나, 마치 시골로 다니는 약장수와 같은 모자를 썼다.

밤이 깊어서 아홉 시도 지났을 때 비로소 중문 대문을 열어 놓으니 밖에서 온종일 통곡하던 부모들, 안에서 머리 깎인 학생들이 한데 어우러져서 목을 놓고 울기 시작하여 그 근방 일대는 울음바다가 되었다.

이리하여 강제 단발은 성공했다. 그 후에 학교를 퇴학하고 만 사람이 퍽 많았으나 이 일을 애초부터 주장한 우리 콩나물 억척 선생의 공은 큰 것이었다.

아아, 세월은 흐르고 세상은 변했다. 김○근 선생은 거처도 모르게 숨어버리고 나이 젊은 콩나물 선생만 수없이 늘었지만 지금 생각하면 그만한 선생도 구해볼 길이 없구나.

계산중학교의 조철호 한 분이 '계산 호랑이'라는 별호를

강제 단발

맞으면서 학생들에게 고마운 억척을 쓰더니 그도 외지의 나그네가 되고 말았으니 이런 체조 선생을 가지지 못한 학생은 어느 의미로 불행한 학생 생활이라 할 것이다.

딱딱해도 좋다.

때려도 좋다.

두들겨도 좋다.

학생들을 위해 눈물을 머금고 때리는 것이라면 맞는 사람도 고마울 것 아니냐.

늦둥이 도둑

느슨하고 미련하고 배포까지 유하면서 무엇이 급하다고 아홉 달도 못 되어서 탄생해 튀어나온 늦둥이가, 하지 말았으면 좋았을 것을 자라서 도둑놈의 제자가 되었습니다그려.

여러 해 만에 솜씨를 뽐내본다고 컴컴하고 호젓한 길에서 트레머리 여자 한 사람을 쫓아가서 어깨를 툭 치면서 재빠르게 머리에 꽂혔던, 보석이 박혀 있는 듯싶은 핀釺을 빼가지고 시치미 뚝 떼고 지나갔습니다. 그러니까 여자는 골도 안 내고 허허 웃으면서

"세상엔 눈깔 먼 도둑놈도 많지……. 그까짓 것은 뺏어가 무얼 하려고 그러노. 야시장에서 15전 주고 산 것도 모르

고……."

그 소리를 뒤로 듣고 늦둥이 낙망했습니다.

"아차, 속았다. 꼭 보석 편인 줄 알았구나. 야시夜市가 생기니까 이런 가짜가 생기지. 이까짓 것 가져갔다가 뭘 하나?" 하고 뒤로 돌아가서 여자 앞에 던졌습니다. 그러니까 여자는 그것을 집어들고

"정신 빠진 도둑놈 같으니. 이것이 15전짜리일 듯싶은가. 진고개지금의 충무로, 일본인 가게들이 많이 있었다 가서 26원 주고 산 것이란다." 하면서 뛰어 달아났습니다.

"에에, 앙큼한 도둑년." 하고 늦둥이는 분해 했으나 누가 도둑인지 모르지요. 터덜터덜하면서 괴수의 집으로 돌아가서 이 이야기를 하니까

"너같이 느슨한 놈은 빈집이나 찾아다니면서 시계나 옷이나 돈궤나 훔쳐오너라." 하고 괴수가 일렀습니다.

"어떤 집이 빈집인지 알 수 있나요?"

"아따, 미련한 놈이로구나. 아무 집에나 가서 집 찾는 체하고 주인을 찾아봐서 아무 대답도 없으면 빈집이지."

"딴은! 그래보지요. 지금부터 곧 해보지요."

하고 때 아닌 부지런이 생겨서 그 길로 뛰어나갔습니다. 나가던 길로 남의 집 대문 앞에 가서

"이리 오너라! 이리 오너라!"

하고 부르니까 어디서인지 자주 만난 듯싶은 낯익은 늙은이가

"네, 누구시오."

하고 나왔습니다.

"빈집인 줄 알고 불렀더니 계십니다그려!"

"정신없는 친구로군! 빈집인 줄 알면 왜 부른단 말요. 누구를 찾으시오?"

"아차차, 찾을 집 성명은 아직 못 지었습니다. 곧 하나 지어 보지요. 무슨 이름이 좋을는지요?"

"이게 무슨 소리요. 누구를 놀리는 거요? 아아, 이제 보니까 당신은 이 아랫집에 사는 사람이구려. 아래윗집간에 늙은이보고 그게 무슨 짓이오?"

"아차차, 이제 보니까 우리 집 옆집입니다그려. 아니오. 엊저녁에 안녕히 주무셨느냐고 물어보려고 그랬습니다. 안녕히 계십시오. 갑니다."

늦둥이 도둑

늙은이는 도깨비에게 홀린 것 같아서 입이 벙벙했으나 늦둥이야말로 혼이 났습니다.

"기껏 찾아간다는 것이 옆집엘 갔으니 큰일 날 뻔했지. 그러나저러나 아무 데나 가서 집을 찾는 체하더라도 아무개 집을 찾는다고 헛이름이라도 미리 지어가지고 다녀야겠는데 흔히 있는 이름을 지었다가는 '내가 그 사람이오. 왜 찾으시오' 하면 꽁무니가 빠질 테고……. 아주 이 세상에는 다시없을 만큼 야릇한 이름이 없을까? 어! 또 성姓에는 고가가 적으니 고가로 하고 고, 고, 고린내! 고린내는 발가락 내니까 흉해서 못쓰겠고 고, 고, 고 고등어! 옳지 옳지, 고등어는 밥반찬도 하고 술안주도 하니까 그놈이 좋겠지……. 고등어네 집을 찾기로 하자."

이렇게 정해가지고는 그 근처에서 또 시작을 했습니다.

"이리 오너라! 이리 오너라아! 아무도 없나요? 빈집인가요? 이리 오너라."

"누구요!"

하고 안에서 소리만 지릅니다.

"좀 여쭤볼 것이 있는데요. 아무도 안 계십니까. 빈집입니까?"

"있으니까 대답을 하지요. 뭐요, 누구를 찾소."

"계시면 틀렸습니다. 좀 여쭤나 보지요. 이 근처에 고등어라 하는 양반댁이 어딥니까?"

"뭐 고등어? 고등어는 반찬 가게에서 팔지. 반찬 가게로 찾아가시오."

"아니오. 고등어라는 사람 이름인걸요."

"고등어라는 사람이 있단 말이요? 별 이름도 많으이."

"내가 지었으니까 별스럽지요."

"당신이 지었어요?"

"내가 그 사람 어렸을 때 지어준 것이지요."

"그런 사람의 집은커녕 이름도 처음 듣소. 몇 번지인지 번지수나 아시오?"

"번지수요? 번지는 저…… 번지는 어…… 옳지, 광화문 오천 칠백 빵이에요."

하니까 주인이 하도 의외의 소리에 깜짝 놀랐습니다.

"애야, 수남아. 얼른 나가서 대문 닫아걸어라. 미친놈이 왔구나. 몇 번지냐 하니까 전화번호를 대는구나. 얼른 닫아걸어라. 신발 집어 갈라."

"에구머니, 큰일났다."

 늦둥이 도둑

하고 늦둥이 도둑놈은 뛰어 도망해서 딴 골목으로 가버렸습니다. 그리고 헐떡거리는 숨을 간신히 진정하고 나서

"에라, 번지수도 미리 지어가지고 덤벼야지. 큰일나겠다. 번지수야 아무렇게나 37번지라구 하자꾸나. 틀리면 도망하면 그만이지."

하고 또 그 근처 대문 앞에서 이리 오너라, 이리 오너라 하고 불렀습니다.

그러나 이번에는 참말 아무리 불러도 아무 대답이 없으니까 늦둥이 선생이 이제 되었다 하고 용기가 댓발이나 뻗쳤습니다. 그래서 한 발을 문 안에 들여놓고 서서

"정말 아무도 없습니까. 없으면 없다고 해주구려. 정말 없으면 들어갑니다! 정말 들어갑니다. 이것 보시오. 벌써 중문까지 들어왔습니다. 뒷간에 갔습니까? 뒷간에 있으면 뒷간에 있다고 그러시구려. 없습니까? 없으면 마루로 올라갑니다. 올라가서 저 시계 먼저 떼어가지요. 자아, 가져갑니다."

아무도 없는 판에 늦둥이 선생이 흥이 뻗쳐서 시계를 떼는 판인데 별안간 안방 문이 열리면서 늙은 영감님이 내다봅니다.

"그게 누구요."

"에구머니. 이때까지 방 안에 있었습니까? 있거든 있다고 그러라니까……."

"누구야. 누군데 남의 집 마루에 올라섰어."

"네! 이 근처에 집을 찾는데 좀 여쭤보려고……."

"집을 찾으면 대문 밖에서 물어볼 일이지 왜 안마루에까지 올라왔어! 시계는 왜 주무르고."

"네, 보니까 시계가 조금 늦게 가길래 지금 고쳐드리는 중입니다."

"할 일 없는 친구로군. 그 시계는 내가 일부러 더디 가게 해놓은 것이야. 그냥 둬요."

"네, 그랬습니까. 그러면 시계는 그만두고요. 여쭤볼 말씀이 있습니다. 이 근처에 고등어라는 사람의 집이 어디인지 모르십니까? 온종일 찾아도 찾지를 못했습니다."

"무엇? 고등어? 고등어는 왜 찾아."

"그 고등어라는 이를 찾아서 할 말이 있어서요."

"내가 고등어라는 사람이야!"

"뭐요?"

"내가 고등어라는 사람이야."

늦둥이 도둑

"네, 그렇습니까. 처음 뵙습니다. 나는 고등어라는 이름은 이 세상에 없을 줄 알았더니 정말로 있습니다그려."

"없을 줄 알고 찾아다니는 놈이 어디 있어……. 할 말이 무슨 말인지 어서 해봐."

"할 말씀은 다른 말씀이 아니라요 그냥 안녕히 계셨느냐구요. 문안 여쭈려고요."

"누가?"

"저, 저 제가요."

"예끼 이놈!"

"안녕히 계십시오. 저는 갑니다."

"별 놈 다 있는 세상이로군."

"네. 이 세상에는 별 놈이 다 있습니다. 안녕히 계십시오."

늦둥이가 그 집 대문을 나설 때는 온몸이 땀에 푹 젖어 있었습니다. 뛰어 도망하려 해도 도망할 수는 없고 오죽했겠습니까.

"에― 혼났다! 내가 고등어라는 사람이야! 하는 데는 그만 내 뼈다귀까지 말라들었는걸."

하고 투덜투덜하면서 이 길 저 길로 돌아다니다가 해도 지고 날이 어두워서 캄캄해왔습니다. 그때 한 집을 보니까 문

은 걸리지 않았고 안에는 불도 켜지지 않아서 빈집같이 보였습니다.

늦둥이는 이번에는 불러보지도 않고 슬그머니 들어가서 뒷간 부엌 안방 건넌방까지 기웃거려 보았으나 사람이라고는 그림자도 없었습니다. 이게 웬일이냐 하고 늦둥이 선생이 안방에 들어가서 장이란 장은 모두 열고 젊은 여자의 비단옷이며 젊은 남자의 양복까지 있는 대로 꺼내서 커다란 보퉁이를 만들어 등에 메고 마루를 내려서려 하는 때 큰일 났습니다. 문밖에서 구두 발자국 소리가 납니다.

늦둥이 선생은 어쩔 줄을 모르고 쩔쩔매다가 보퉁이는 마루 위에 내려놓고 얼른 내려가서 마루 밑으로 기어들어가서 숨었습니다.

뚜벅뚜벅하고 대문을 밀어 열고

"어째서 이때까지 불도 안 켜고 있어."

하고 들어온 것은 이 집 주인나리였습니다. 불도 안 켜고 첩도 안 뵈고 대문은 열려 있고 마루에는 옷 보퉁이가 있으니까 의심의심하다가 첩이 도망가려고 보퉁이를 나르는 판인 것을 알았으니 그 심사가 어떻게 편하겠습니까.

모자도 안 벗고 구두도 안 벗고 마루 위에 장승같이 뻗치고 서서 첩이 문 앞에 나타나기만 하면 한 주먹으로 죽여 없앨 것 같이 살기가 등등했습니다. 그런 줄은 모르고 동리 집에 놀러갔다가 어두워지는 것도 모르고 있다가 이제야 돌아온 어여쁜 첩이 고개를 갸우뚱하고 들어오면서

"에그, 오늘은 일찍 오셨구려."

했습니다. 골이 머리끝까지 나서 장승같이 서 있던 주인은 한참이나 있다가

"이 보퉁이가 뭐야. 어디로 도망을 가는 모양이야."

하고 소리쳤습니다.

"이년아, 무엇이 부족해서 나 없는 동안에 살림을 옮기느 냐 말이야. 이 흉측한 년아."

하면서 여자가 변명하면 변명할수록 밉고 골이 나서 싸움 은 점점 커지고 기어코 남자가 마루 구석에 있던 화로를 발 길로 찼습니다. 시뻘건 숯불과 펄펄 끓던 주전자의 물이 마 루로 쏟아져서 마루 틈으로 뜨거운 재와 끓는 물이 새어 숨 도 못 쉬고 숨어 있는 늦둥이 선생의 새빨간 대가리에 뚝뚝 떨어졌습니다.

"에구머니, 뜨거워."

소리를 지르고 뛰어나왔으니 어떻게 되었습니까.

 늦둥이 도둑

당장에

"도둑이야!"

소리가 나고 풍파가 일어날 것이지만 늦둥이 선생 배포가 유하게 내외 싸움을 말리러 들었습니다.

"아따, 그렇게 싸울 것이 무엇입니까. 이 보퉁이 때문에 싸움이 난 것인데, 이 보퉁이는 내가 도둑질해 가려고 싼 것입니다. 당신이 들어오니까 그냥 팽개쳐두었던 것이지요. 그만하면 싸움할 것이 없지 않은가요. 자, 허허 웃고 그만들 두시지요. 도둑놈이 이만큼 말리는데……."

하니까 주인 내외는 그만 싸움할 맛이 없어졌습니다.

"그래 당신이 도둑놈이란 말요?"

"도둑놈 아니면 남의 옷을 왜 싸놓았겠습니까."

"허허, 도둑치고는 좋은 인물이구려. 하여간 우리 내외 싸움을 말려준 친구이니 화해식 한턱으로 술이나 한잔 자시구려."

"네, 고맙습니다. 술은 도둑질보다 더 잘하지요. 도둑질도 이 맛에 못 놓는걸요."

하면서 늦둥이 선생 어여쁜 마마의 손으로 부어주는 술맛에 밤이 깊는 줄도 모르고 먹다가 그냥 취해 쓰러졌습니다.

"큰일났군. 이 친구가 이렇게 취했으니 재워 보낼 수밖에 없지. 밤이 깊었으니 나가서 대문이나 닫아걸고 들어오지……."

"도둑놈을 안방에다 재우면서 대문은 걸어 무엇하게요."

"딴은 그런걸. 그러면 대문을 밖에서 걸어 잠그지."

여류 운동가
까마중 스타

서울 ○○여학교의 **까마중**_{까마종이 열매를 가리키며 피부가 까만 사람을 놀} 라는 별명이라고 하면

"아아, 그 테니스 잘하는 색시 말이지."

하고 모르는 사람이 없는 유명한 여류 운동가입니다.

여류니, 색시니 하면 누구든지 얼굴 곱고 자태 있는 미인으로 생각하겠지만 웬걸요, 이 색시는 이름만 여자이지 남자 중에도 그런 사람은 없을 만큼 뚝벅뚝벅_{아주 무뚝뚝하게}하게 태어나신 이랍니다. 다리와 팔뚝은 굵고 딴딴하기가 총독부 말뚝 같고요, 실례의 말씀이지만 한창 발달된 궁둥이는 살찐 말 궁둥이같이 탐스럽습니다.

그러니까 걸음걸이가 어떻겠습니까. 디룩디룩하고 걷는 모양도 말 걸음 그대로입니다. 얼굴의 바탕은 골고루 잘 정돈이 되었으면서도 운동을 열심히 한 덕택으로 그 빛깔이 검기가 똥통 십장_{화장실 청소 인부들을 지휘하는 우두머리} 얼굴보다도 더 검기가 몇 백 배! 검다검다 못해서 까만 얼굴이 불타는 햇볕에 거룩하게도 번쩍번쩍 빛이 납니다. 그러한지라 원래 이름은 어느 틈에 없어져버리고

"까마중, 까마중."

하고 부르게 되었고, 모르는 남자라도 ○○여학교의 얼굴 까만 선수라고 하면

"으응, 그 여자."

하고 알아듣게 된 것이랍니다.

이 까마중 흑黑 스타가 그 위대한 궁둥이를 뒤흔들면서 학교 안에서 왈패_{말과 행동이 단정하지 못한 여자} 노릇을 하더니 전 조선 여자정구대회에 나가려고 연습을 할 때, 온 학교 학생들은 물론이고 사무실 선생님들까지 들이덤벼 몸이 달아서 우승기 타오기를 바라고

"우리 선수, 우리 선수."

여류 운동가 까마중 스타

하고 떠받들면서 설렁탕을 사다 먹인다, 달걀을 사다 먹인다 하고 터주 귀신 위하듯 하는 통에 왈패 대장 까마중 색시의 그 납작한 코가 우뚝해지고 그 궁둥이를 점점 더 위대하게 휘저으면서 학교 안을 한 손으로 잡아 흔들게 왈패가 늘었습니다.

"시험 때가 되어도 공부는 하지 않고 공만 치면 어쩌려고 그래."

하고 동무들이 걱정을 하면 그 코와 그 입과 그 궁둥이가 똑같이 삐죽하면서 하는 말씀

"흥, 나를 낙제시킬 듯싶은감……. 낙제를 시켜봐. 나 이 학교에 안 다닌다고 야단을 치지. 그럼 정말 나갈까봐 겁들이 나서 손이 발이 되도록 빌 걸 가지고……. 염려가 무슨 염려야."

콧바람이 이렇게도 맹렬하게 거셉니다.

그러니 누구를 무섭게 아나요, 무엇을 부끄럽게 아나요. 낮에는 학교에서, 밤에는 기숙사에서 자기 마음대로 하고 싶은 대로 아주 왕 노릇을 하지요. 그러나 기숙사에서는 이 까마중 색시와 함께 있기를 좋아하는 사람이 없습니다. 한 방에 있는 동무를 자기 집 종년같이 이래라저래라하고 부

려먹기가 일쑤인데, 갖은 심부름 중에도 밤중에 몰래 나가서 호떡을 사오라고 하는 데는 아주 질색입니다. 글쎄 기숙사 사감의 눈을 속이기도 어렵거니와, 여학생 신분에 어떻게 호떡집 유리창을 열고 호떡을 달라는 말이 나갑니까!

그렇다고 사오기 싫다고 해보십시오. 당장에 팔을 잡아 비틀고 어깨를 눈물이 나게 꼬집어대지요. 대체 여학생 치고 호떡 잘 먹기로는 이 까마중 선수가 제일일 것입니다. 그러나 그것도 무리는 아니지요. 그 몸집에, 그 운동에 어떻게 하루 세 끼만 먹고 견디겠습니까. 시골집에 가 있을 때는 다섯 끼씩은 빼지 않고 먹는다는데 세 끼밖에 얻어먹지 못하니 그것 먹고 견딜 수가 있겠습니까. 그래서 밤마다 사감의 눈을 속여서는 호떡 신세를 지는 것이지요.

그러나 호떡은 뒷걱정이나 없습니다. 군고구마를 호떡 못지않게 잘 먹는데, 고구마하고 호떡을 배가 터지게 먹는 것까지는 좋지만 먹고 누워서는 잠을 자다가 실례인 줄도 모르고 냄새 나는 소리를 연발합니다. 그러니 한 방에 있는 학생들이 견딜 수 있겠습니까? 두 손으로 코를 붙잡고 '에이, 에이' 하고 혀를 차느라고 잠을 못 잘 지경이지요.

아침에 세수를 하려고 수통 옆으로 가면 다른 방 학생들이 으레 묻지요.

"애, 어젯밤에는 까마중이 몇 방을 놓디?"

"엊저녁에는 다섯 방이나 놓아서 죽을 뻔했단다."

그래도 까마중 색시 당신은 그런 흉을 보는 줄도 모르고 공채테니스 라켓만 휘두르면 자기 세상인 줄 알고 계시지요.

기숙사 이야기가 났으니 말이지, 기숙사 이야기 중에 꼭 한 가지 뺄 수 없는 이야기가 있습니다. 전 조선 여자정구 대회에 가서 우승기를 타오지 못하고 돌아와서 골을 팅팅 내고 눈물을 찔끔 흘리던 날 밤입니다. 골이 얼마나 났던지 저녁밥도 안 먹고, 호떡도 고구마도 안 먹고 초저녁부터 머리를 싸고 누웠던 밤입니다.

밤 열두 시가 지나고 새로 한 시도 지나 두 시로 들어갈 즈음 사방은 죽은 듯이 고요하고 방 안에는 코 고는 소리밖에 없이 깊은 꿈에 들었는데, 이때 패전대장 까마중 선수는 무슨 꿈을 꾸는 중인지 콧소리를 가끔가끔 '으응, 으응' 하고 지르면서 자더니 별안간

"으앗!"

하는 소리를 지르더니 오른손을 번쩍 들어, 공 치는 버릇으로 힘을 잔뜩 들여서 왼편 옆에 누워 자는 S의 코와 입을

을러서

"짝!"

하고 정신 나게 후려 때렸습니다.

"에구머니!"

하는 소리를 지르면서 자다가 벼락을 맞은 S 여학생은 두 손으로 코를 싸쥐면서 눈을 번쩍 떴습니다. 어찌나 몹시 때렸던지 때린 손바닥이 아픈 통에 까마중도 눈이 번쩍 뜨이고 꿈이 깼습니다.

어찌 아프지 않겠습니까. 낮에 지고 돌아온 홧김에 꿈에 한참 저편과 어울려 공을 치는 중인데, 마지막 한 공으로 지느냐 이기느냐 하는 판에 마지막 용기를 내어 '으앗' 소리를 지르면서 기운껏 공을 때려 넘긴다는 꼴이 정말 주먹으로 S의 코를 후려갈겨놓았으니 그 코가 어떻게 되었겠습니까. 아주 떨어져 달아나지 않은 것만 다행하게 되었지요.

그러나 큰일났습니다. S의 코에서 술술 흘러나오는 시뻘건 피를 어찌합니까.

그렇게 위대한 까마중의 궁둥이가 이번에는 테니스 칠 때보다도 더 가볍게 움직이면서 벌떡 일어나서 헌옷을 꺼내서 뜯고 솜을 낸다. 어둔 데 기어나가서 대야에 찬물을

떠온다 하고 고생고생하면서 다 죽어가는 소리로

"에구 얘, 미안하다. 잘못했다."

하고 사죄하는 모양이란 참으로 이런 때가 아니면 보지 못할 구경이었습니다.

이러니 누가 그하고 한 방에 있기를 좋아하겠습니까. 싫증 싫증을 내면서도 사감이 있으라고 하니까 어쩔 수 없이 징역살이하듯 심부름을 하면서 같이 있게 되지요. 그러나 그 방에 같이 자는 학생들은 어느 때, S처럼 또 자다가 벼락을 맞을는지 몰라서 마음을 놓지 못하고 지낸답니다.

"참말이지, 저런 여자도 시집을 가서 잘살까?"

하고 학생들은 조롱 삼아 걱정 삼아 이런 말들을 한답니다. 언제이던가 한문 선생님이 그를 보고

"얼굴이 저렇게 까매갖고 시집갈 수가 있을까?"

하고 웃으니까 자존심 센 까마중 색시 서슴지 않고 하는 말이

"염려 마세요. 저는 운동가한테 갈 테예요."

하고 또 코하고 입하고 궁둥이를 삐죽하는데, 여러 사람이 얼마나 우스웠는지 모른답니다. 공 치는 법 가르친다고 자주 찾아오는 왜콩 껍질같이 생긴 청년이 곁으로 칭찬을 자꾸 해주니까 그런 사람이라도 자기를 데려갈 줄 알고 있는

모양이에요. 딱한 일이지요.

그런데 까마중의 운동 공부에 중대한 사건이 생겼습니다. 아주 대수롭지 않은 우연한 일이 중대한 사건으로 커져서 까마중 선수의 성격이 아주 변해버리게 되었습니다.

그것은 어느 뜨거운 여름날이었습니다. 그날은 마침 까마중의 반에 체조 시간이 있었습니다. 그런데 체조 선생님이 병으로 누워서 오시지 못했기 때문에 그 시간에 담임 선생 Y선생이 대신 와서 체조 대신 다른 과정을 하자고 했습니다. 그러니까 다짜고짜로 까마중 색시가 벌떡 일어나더니

"선생님, 체조 선생님이 안 계시더라도 시간은 체조 시간이니까 다른 과정으로 바꾸더라도 체조에 관계되는 것을 해야 합니다. 그러니 마당에 나가서 편을 갈라가지고 테니스 경기를 하지요. 운동 장려도 되니까 그것이 좋습니다."
하고 제안했습니다.

그러니까 다른 학생들은 테니스는 그다지 반갑지 않지만 공부하지 않는 것만 좋아서

"그래요. 선생님, 테니스 해요."

"테니스 해요. 테니스 해요."

 여류 운동가 까마중 스타

하고 전 반이 두 손을 들면서 떠들었습니다. 그러니까 사람 좋은 Y선생은

"자 그럼, 모두 나가서 테니스 합시다."

했습니다.

"와아."

하고 소리를 치면서 학생들은 불난 집에서 쫓겨 나오는 사람들같이 수선스럽게 뛰어들 나갔습니다. 테니스를 하게 된 판이라 가뜩이나 왕 노릇을 하는 우리 까마중 색시의 코가 우뚝해지면서 그 무서운 궁둥이가 굉장히 위대하게 들먹였습니다.

벌써 Y선생은 제쳐놓고 까마중 색시가 판을 차리고 서서 자기 지휘로 학생들을 양편으로 갈라놓고, 그 중에 K와 Y선생을 심판원으로 모셔 앉히고 경기를 시작했습니다.

우스운 것은 Y선생이지요. 테니스란 어떻게 치는 것인지 알지도 못하는 늙은 신세에 요즈음은 무슨 바람이 불었던지 테니스라면 좋아서 날뜁니다. 오늘도 속도 모르면서 심판원으로 모셔 앉혀진 것만 좋아서 무르팍같이 반들반들하는 머리를 뜨거운 줄도 모르고 햇볕에 쪼이고 서서 계속 소리를 치면서 어린애같이 뛰면서 좋아합니다.

공이 금 밖으로 나가 아웃이 되거나 제로게임_{한쪽이 한 점도 득}점하지 못한 게임으로 떨어져 나가거나 하면 덮어놓고 손뼉을 치고 하면서 날뛰니 우습다 못해서 어린애같이 귀엽지 않습니까.

그러다 차례가 되어서 공 판_{서브를 넣는 자리}에 까마중 색시가 공채를 들고 나서서 그 무서운 팔을 걷고 치기 시작하니까 Y선생은 신이 나서 어쩔 줄 모르고 좋아합니다. 그러자 저편에서 넘어온 공이 Y선생 머리 옆으로 지나 떨어지려는 것을 1등 선수 까마중 색시 눈을 부릅뜨고 번갯불같이 달려들면서 공을 후려쳐 넘긴다는 것이 어떻게 공교롭게 되어서

"으앗!"

하는 소리를 지르며 기운껏 후려갈기는 공채가 공은 때리지 않고 손뼉을 치면서 경중경중 뛰고 있는 Y선생의 반질반질한 머리를 탁! 쪼개져라고 들이때렸습니다.

그렇게 좋아서 경중경중 뛰던 Y선생이

"끼약!"

하고 여우 죽는 소리를 지르더니 그대로 쿵! 하고 쓰러져서 사지가 뻣뻣해졌습니다.

여류 운동가 까마중 스타

"아아, 큰일났다."

하고 공 채를 내던지고 달려들었으나 벌써 뻣뻣해진 것을 어쩌는 수 있나요. 사무실에서 교무주임이 뛰어나오고 각 학년에서 공부들을 하다 말고 뛰어나오고 온 학교가 벌컥 뒤집혔습니다. 사무실 하인은 물통에 물을 떠온다. 급사는 병원으로 전화를 건다 하고 야단들이었습니다.

그러자 의사가 빗쟁이 가방 같은 것을 들고 인력거 위에서 발을 구르면서 달려왔습니다. 콧구멍에 약을 바르고 몸을 주무르고 한참이나 수선스럽게 응급 조치를 하니까 그

제야 간신히

"후우."

하며 방귀 같은 숨을 내쉬더니 부스스 일어납니다. 모든 사람들도 따라서 '후우' 하고 숨을 일시에 쉬었습니다.

다행히 Y선생이 살아나기는 했으나 선생을 죽여놓고 아까부터 새파랗게 질려 말 한 마디 못하고 있던 까마중 선수는 사무실로 불려가서 장장 세 시간의 설교를 듣고 나왔습니다.

그날 저녁에 좋은 양과자를 한 상자 사가지고 Y선생 댁에 찾아가서

"낮에는 정말 잘못했습니다. 용서해주세요."

하니까 Y선생 대답하기가 어색해서

"참……. 단단히……. 무얼 그저 예삿일이지."

하면서 쩔쩔매더라나요.

"다시는 죽을 때까지 공 채를 손에 잡지 않겠습니다."

"뭘 그럴 것……. 아니, 으응……. 제발 좀."

하면서 또 쩔쩔매더라구요.

어쨌든지 우리 까마중 색시가 다시 공 채를 잡지 않는다면 큰일입니다.

여류 운동가 까마중 스타

낙화? 유수?

꽃이 피고 낙화落花가 지고, 여름비가 내리고 추풍秋風에 나뭇잎이 지는 것도 다 같이 아름답지만 홀로 걸어가는 인생의 길만은 왜 그리 악착스러운 것일까.

한치 앞을 내다보지 못하는 인생인 까닭에 절벽에 떨어져서야 그 길이 애초에 못 올 길이었던 것을 깨닫고, 가시덩굴에 살을 찢기고서야 애초부터 나쁜 길인 것을 깨닫게 되는 것이라 하잘것없는 설움을 하소연할 길조차 없어서 사람들은 '운명'이란 말로 자위를 하는 것이다.

그러나 운명이 아니라기에는 너무도 운명의 장난 같은 기구한 길을 걸어가는 사람이 이 세상에는 너무 많다.

거의 20년 전 경성 새문西大門 밖 경구교京口橋, 지금의 충정로 2가 부근에 있었던 다리 옆에 서서西署가 있었으니 지금 서대문 밖 죽첨竹添공립보통학교가 그 집이요 그 집에 서대문 경찰서가 있었던 것이다.

그 건너편에 땅에 찰싹 엎드린 것처럼 납작한 집에 상밥집 사식차입私食差入, 교도소나 구치소에 갇힌 사람에게 음식을 넣어주는 것이라고 소학교 어린이 글씨로 써 붙인 밥집이 있다. 그 앞에 길거리에서 날마다 하루에도 몇 번씩 술주정을 하고 있는 키 작은 망측한 남자 하나가 있으니, 그가 이 조그만 밥집의 주인이요 새문 밖 일대에서 소문 높은 명물이었다.

키가 4척을 넘지 못하게 작고 통통하고 똥그란 얼굴이 악죽악죽 얽기까지 했다. 비지와 모주약주를 뜨고 난 찌꺼기 술밖에 든 것 없는 배가 올챙이같이 통통하면서 목소리까지 맹맹해서 아무라도 처음 보고도 맹꽁이라고 부른다. 공교롭게도 성까지 장張씨여서 '새문 밖 장맹꽁'이라면 모를 사람이 없었다.

밥은 열흘을 굶어도 관계없지만 막걸리나 모주를 먹지 못하거나 주정을 하지 못하면 아편쟁이처럼 사지가 비비 꼬여서 그냥 견디지 못하는 성질이라서, 밥값이거나 외상

값이거나 손에 만져지기만 하면 모주집으로 가고, 가서 먹
고는 자기 집 문전 전찻길 가에 서서

"내가 이래봬도 서울 장안에서 이름난 장맹꽁이야."

하면서 온종일 연설을 하다가 졸리면 그냥 전찻길 옆에 누
워서 편안히 주무시는 버릇이었다.

밥집 주인 영감이면서 밥 한 상에 얼마나 하는지 알 까닭
이 없다. 밑지는지 망하는지 돈만 보면 술이요, 불이 나는지
난리가 나는지 모주만 먹여주는 사람이 있으면 장타령을
부르는 배포였다.

무슨 운명이 어떻게 한 장난인지 그의 마누라, 마누라라
고 허투루 불러버리기에는 너무도 미안하게 현숙한 부인이
실로 아름다운 자태와 아무나 미치지 못할 재주―음식 재
주, 재봉 재주―를 가지고 남편 하나 때문에 창자 썩는 생
활을 하고 있었던 것이다.

그 아까운 착한 부인이 어느 때 어디서 어떻게 되어서 그
남자를 남편으로 만나게 되었는지 그것은 그때나 지금이나
아는 사람이 없다. 독자도 이것을 읽은 후에 제일 궁금하게
생각되는 것이 그것일 것이다. 그러나 이것은 영구히 두고
두고 심심할 때마다 다시 생각할 의문으로 남을 것이다. 남

편이 남편인 까닭에 그 현숙한 부인을 넘보는, 소위 점잖은 남자가 많아서

"밥장사를 그만두고 우리 집에 참모로 오너라."

"안잠자기아예 그 집에서 살며 가사를 돕는 여자로 오너라."

하고 꾀어보다가 장맹꽁에게는 막걸리를 사 먹여 전찻길 가에 잠들려놓고는 단 한 칸밖에 없는 방에 뛰어들어갔다가 봉변을 하고 쫓겨 나오는 자도 한두 사람이 아니었다.

굶주림과 모욕과 유혹, 갖은 고생과 설움과 싸우면서 부인은 혼자 손으로 경찰서에 밥상 심부름하는 머슴, 용천이라는 열아홉 살 난 총각을 데리고 그날그날 부지런히 밥장사를 했다.

그 딱한 남자를 아버지로 하고 그 불쌍한 부인을 어머니로 하고 그 햇볕 못 보는 단칸방에서 태어나서 지나가는 나무장수가 먹고 남긴 새우젓 반찬에 따라 주린 배를 채우면서 자라나는 음전이란 소녀가 있었으니, 이 가련한 소녀가 이 기구한 이야기의 주인공이다.

진흙 속에서 연꽃이 나는 격일까. 어느 창작가가 지어낸 소설과 꼭같이 이 소녀는 어머니보다도 더 잘생겨서 동리 부인들이 자기 딸같이 귀애貴愛, 귀여워하고 사랑한다는 뜻했다.

"너희 집에 가서 무엇을 먹겠니. 너희 집 찬밥은 너희 어머니 잡숫게 두고 우리 집에서 먹고 가거라."

동리 집에서는 다투어 그 가련한 소녀에게 더운밥을 먹이고 어머니 갖다드리라고 반찬 접시를 들려 보내곤 했다. 그러나 음전이, 그 가련한 소녀가 나이 열세 살이 되는 해부터는

"이제는 나이 열세 살이니 이 집 저 집 돌아다닐 때가 아니다."

라고 너무도 현숙한, 옛날 시대의 부인은 이웃집에 가는 것도 금했다. 시운을 잘못 만나 구차해서 밥장사는 할망정 어린 딸 하나야 함부로 기를까보냐 하는 생각이었다.

그러나 집이라고 해야 방 한 칸, 헛간 두 칸뿐이다. 방문만 열면 헛간에는 이름도 성도 모르는 뭇사람들이 밥을 사먹는 좌석이다. 남녀 7세면 부동석이라는데 열세 살 먹은 딸을 방문 밖에 나오게 할 수가 없었다. 아침에 일찍 손님 있기 전에 헛간에 나와서 세수를 하고 들어가서는 종일 방문을 열지 못하게 하니 소변을 보려고 해도 방 속에서 요강에…….

음전이는 이렇게 열네 살, 열다섯 살, 열일곱 살이 되도록

움 속의 파 모양으로 햇볕을 모르고 자랐다. 하늘을 쳐다보지 못하고 그 소녀는 불쌍히 살았다.

남녀 7세면 부동석이니 열여덟 살이면 시집갈 때도 늦기 시작했다고 생각되었다. 햇볕을 모르고 커서 얼굴이 병든 사람같이 이상하게 희기는 할망정 타고난 용모는 동리 부인들이 때때로 구경하러 찾아갈 정도로 아름다웠다. 그래서 그 구차한 장맹꽁의 어두운 방 속에 햇빛보다 더 찬란한 보옥寶玉이 감춰져 있다고 동리 부인들은 도둑질이라도 해내고 싶게 아까워했다.

"부잣집으로 보낼 재주야 있습니까만 과히 상스럽지 않은 신랑에게나 보내야겠는데요."
하는 것이 그 불쌍한 어머니의 이 세상에서 단 하나뿐인 소원이었다.

인물이 그처럼 잘나고, 동리 집 바느질을 가져다 해버릇해서 바느질이 좋아서 동리 집 부인들은 자기 딸의 일처럼 서로서로 혼처를 주선하고 있었다. 그런데 누가 알았으랴. 좋은 신랑감이 있다는 말을 듣고 뒷집 부인에게 자세한 이야기를 들으러 그 어머니가 잠깐 집을 비운 사이에 30살 먹은 총각 더부살이 용천이가 처녀의 방에 뛰어들 줄을……

낙화? 유수?

방 속에서만 자란 처녀는 바느질밖에 배운 것이 없었다. 아무것도 배워 아는 것이 없었다. 혼자 있는 방에 남자가 달려들면 어떻게 해야 하는지 알지 못했다. 어떻게 하면 피할 수 있는지를 알지 못했다. 남자에 강제되면 그 결과가 어떻게 되는지도 알 길이 없었다. 너무도 현숙한 부인이라 더부살이 녀석을 경계하라고 들려준 일도 없었던 것이다.

"어머니 저 더부살이가 고약하니 내쫓으세요."

천진한 처녀로부터 이 말을 듣고 일이 낭패된 것을 알았을 때 그 불쌍한 부인의 가슴이 어떠했을 것이랴. 그것은 생각만 하기에도 너무도 딱한 일이다. 남편이 있으니 의논이나 해볼까, 남부끄럽지 않은 일이니 동리 부인들에게 의논이나 할 수 있을까. 혼자서 잠을 자지 못하고 열흘 스무날, 또 한 달 생각했으나 남녀 7세면 부동석이란다고 한 칸 방 속에서만 길러낸 부인이다. 생각하고 또 하고 두고두고 생각해도

'겁탈을 당했어도 한 번 당했으면 벌써 그 사람의 아내가 되었지 별 수 없다.'

하는 밖에 달리 생각이 떠오르지 않았다.

바느질품을 팔아서 푼푼이 모은 돈을 내서 무명일망정

신랑 옷 한 벌, 신부 옷 한 벌 새로 장만하고 물을 곳에 물어서 길일吉日을 받아 냉수 한 그릇 떠놓고 그야말로 작수성례酌水成禮, 물만 떠놓고 치르는 가난한 집의 혼례식를 시켜버렸다.

이렇게 해서 어머니의 단 한 가지 소망은 헛되이 흩어져 버리고 진흙에서 피어난 귀여운 꽃 같은 처녀는 용천이의 깨끗하지 못한 가슴에 안겨가고 말았다.

신혼부부는 이웃 어느 과부 집에 행랑방 한 칸을 얻어들었다. 용천이는 땜 가게철물 때는 집에 품팔이로 다니기 시작했으나, 이 사람이 돈 없이도 신마치新町, 일제 시대 경성에서 가장 유명한 유흥가. 지금의 중구 묵정동 부근에를 잘 다니는 버릇은 없어졌으나 술 먹고 아내를 때리는 버릇이 점점 늘어서 역성 들러 간 장인님 장맹꽁 씨를 번쩍 들어 개천에 처넣기 일쑤였다. 개천에 자주 들어간 것이 빌미가 되었는지 장맹꽁 씨는 그 후 2년이 지나서 병이 들어 죽었다. 죽으니까 그래도 개천에 자주 넣어주던 사위의 손으로 공동묘지에 묻혔다.

이러니 해방을 얻은 것은 부인이었다. 혼잣몸 같으면 남의 집 침모가 되어도 벌써 되었고 안잠자기가 되어도 벌써 되었을 것을, 딸 하나 남편 하나 때문에 오래 고생을 해온

몸이라 이제는 남편과 딸이 저 갈 데로 다 찾아갔으니 부인 한 몸이 누구를 위해서 그 고생스런 장사를 계속할 까닭이 없었다.

밥장사하던 세 칸 집일망정 집과 기구와 밑천을 그대로 딸과 사위에게 넘겨주고 자기는 시골에 있는 형님 집을 찾아 경성京城을 하직했다. 믿고 위하고 아끼던 단 하나뿐인 소생을 믿기 어려운 사람의 손에 맡겨두고 혼잣몸으로 경성을 떠나는 그는 만나는 사람마다 보고는 울었다. 그는 발이 시골 형님 집에 닿을 때까지 내처 울었을 것이다.

그가 시골 가 있으면서도 얼마나 딸 내외의 영업이 꾸준하기를 바랐으랴만 알뜰한 사위는 반년이 못 가서 그것을 다 집어 마시고 단 두 몸만 남아 시내 인사동 연극장 뒷골목 어느 집 행랑방을 세금貰金 3원씩에 얻어들고 막벌이를 나섰다.

그런데 그 집이란 어느 잡화상점 하는 사람이 어여쁜 소실을 감추어두고 살림하는 집이었다. 주인 남자는 깊은 밤에나 들어와서 자고 이른 아침에 나가버리면 어여쁜 여주인 혼자 온종일 안잠자기 하나만 데리고 쓸쓸히 지내는 집이었다.

용천이는 막벌이도 변변히 못해서 굶기를 밥먹듯 하는 주제였지만 욕심이란 엉큼한 것이어서 안집에 늘 혼자 있는 어여쁜 주인을 욕심내기 시작했다. 낮에도 벌이를 잘 나가지 않고 기회를 엿보고 있다가 하루는 안잠자기가 없는 것을 보고는 안방으로 뛰어들었다. 그러나 먼젓번처럼 과히 힘들이지 않고 꼭 이룰 줄 알았던 소원을 이루지 못하고 봉변만 대단히 크게 당하고 그냥 쫓겨 나왔으니, 그 일이 그냥 그대로 흐지부지 될 리가 없었다.

그날 밤에 자러 온 남편에게 안주인이 사실을 고하고

"그런 괴악한 놈을 버릇을 좀 가르쳐야지 그냥 둔단 말이오."

하니까 이 집 주인이란 위인도 전부터 행랑방 신부를 엿보아온 터라 기회가 잘되었다 하고 용천이를 불러 세우고 '강간미수죄'로 감옥에 보내겠다고 을러댔다.

염치는 옛날부터 없어도 감옥에 가면 무서운 줄은 아는 용천인지라 무슨 짓을 시키더라도 감옥에 가는 것만 용서해달라고 애걸복걸해 얻은 결과가

"그러면 네 계집을 바치고 너는 어디로든지 도망을 가라."

하는 관대한 처분이었다. 계집을 빼앗기지 않자니 감옥에

를 가야겠고, 감옥에를 가자니 계집은 정해놓고 잃어버릴 것이고……. 이래도 저래도 잃어버릴 바에는 감옥에 가지 않는 것이 약은 편이라고 놈은 승낙을 했다.

모르는 남자에게 가지 않으면 남편이 감옥에를 가야 한다고 하니, 감옥이라면 꼭 죽거나 늙어 죽도록 다시 못 나오는 줄만 아는 그는 소위 남편을 감옥에 보내지 않기 위해 울면서 행랑방에서 건넌방으로 옮겨갔다.

이리하여 남의 계집 욕심내다가 자기 아내를 잃어버린 용천이는 그 후 어디 가서 어떻게 사는지 알 길이 없고, 행랑방 용천이의 죄를 남편에게 고해 바친 덕으로 안주인은 행랑에서 새로 들어온 여자에게 총애를 빼앗기고 쫓겨나고 말았다.

여기서 우리가 빼지 말고 들어둘 것은 행랑에서 안으로 들어간 음전 부인이 안주인 쫓아내지 말라고 울면서 주인에게 애걸한 것이요, 그 집이 완전히 자기 살림이 된 후에도 찬모를 두겠다, 침모를 두겠다, 행랑을 두겠다 하는데도 빨래도 내 손으로 하지요, 바느질도 내 손으로 하지요 하고 굳이 사양한 것이다. 그만큼 그는 순진했고 착했던 것이다.

생후 처음으로 비단옷을 입어보고, 덥고 정(淨)한 방에서 자고 이름도 모를 화장품으로 몸을 가꾸기 시작하니, 비로소 천생의 미모가 처음 그 빛을 나타내어 그야말로 그림 속에서 걸어나온 선녀같이 어여뻤다.

아아, 그 후로도 3년이란 세월이 지났다. 전하는 소식에 들으면 그는 작년에 또 한 손을 건너서 지금은 어느 포목전 주인의 소실이 되어 귀염받는 생활을 하고 있다고 한다.

우연이겠지. 그러나 그냥 우연이라기에는 너무도 기구한 걸음걸이가 아니냐. 불쌍한 이야기가 아니냐.

낙화? 유수?

천하 명약
검은 고양이

지금으로부터 70여 년 전 일이다.

서울 동대문 안 느릿골_{현재는 종로구 이화동} 약국에 하인을 데리고 한 50쯤 된 중년 노인이 점잖은 기침을 하면서 들어왔다.

"주인 의원께서 계시오?"

"네, 안에 계십니다. 잠깐만 기다리십시오."

하고 젊은 점원은 안으로 들어가더니 다시 나와서

"이리로 올라오십시오."

하고 손님을 방으로 인도하려고 했다.

"아니."

하고 중년 노인은 무슨 말인지 주저주저하다가

"좀 조용하게 뵈어야 하겠는데."

하므로 다시 주인에게 고해서 안채로 들어가 아랫방으로 인도했다.

"네, 내가 주인입니다. 무슨 일로 이렇게……."

하고 인사하는 주인은 나이 50도 훨씬 넘어 60을 바라볼 것 같으면서 약 기운 때문인지 혈색이 대단히 좋고 기운이 한 40장년같이 보이는데, 돈에 욕기慾氣가 많아서 구차한 집이면 아무리 급하다고 해도 진찰을 가는 법이 없고 약은 지어서 7, 8일을 묵히면서도 돈이 오기 전에는 내놓지 않을 뿐만 아니라, 뒤로는 빚놀이를 하여 구차한 사람의 피를 뽑기에 악착스레 굴어서 인심을 잃기로 성내에서 유명한 인물이었다.

"좀 의문을 꺼리는 일이 되어서 조용히 뵙자고 한 것입니다."

하고 손은 목소리를 한층 낮추어

"실상은 의문을 꺼리는 일이 되어서 누구라고 말씀드릴 수는 없는 일이고, 내 주인 되시는 대감께 과년한 따님이 계셔서 근근 어느 대가와 혼약이 되어서 명년 봄에 출가하게 되었는데 우연히 금년 여름에 이상한 병이 드셔서…….
그 병이란 것이 대단히 좋지 못한 병이라서 내놓고 의약을
구하기도 어렵고 하나 그냥 둘 재주도 없는 일이고 해서 넌
지시 여러 분 의원을 보였으나 도무지 차도가 없을 뿐만 아
니라, 점점 날이 갈수록 더 중해져서 이제는 오늘내일하게
위험한 지경에 이르렀습니다. 그래서 대감께서는 여간 침
통해 하시지 않는 터인데, 마침 오늘 손님 한 분이 그 병에
는 짐승의 염통을 고아서 하제下劑, 설사약에 타 먹으면 직효
가 있다는 말씀을 하면서 효과가 있을는지 없을는지 모르
나 하도 갑갑하고 위태한 터이니, 아무려나 속히 써보는 것
이 좋겠다 하여 한시바삐 구하라고 하시지만 이 약을 썼다
고 하면 무슨 병인지 아무라도 짐작하기 쉬운 병이라서 소
문이 나면 안 되겠기에 이렇게 조용히 찾아온 것입니다.”
　“짐승은 무슨 짐승입니까?”
　“고양이랍니다. 고양이 염통.”
하고 서두는 품이 하도 굉장한 고로 무슨 어려운 약을 구하
는가 싶었는데 고양이 염통이라니, 그것쯤이야 아주 쉬운
것이라서 이야말로 태산명동에 쥐 한 마리밖에 나온 것이
없는 격이었다.

"네, 알겠습니다. 짐작하고말고요. 고양이 염통쯤이면 금방 구할 수 있습니다."

"아니, 아니, 보통 고양이가 아니라 이건 좀 어려운 고양이입니다."

"보통 고양이가 아니면 무슨 고양이인가요?"

"보통 고양이가 아니라 검정 고양이라야 된답니다."

"고양이야, 검정 고양이가 많지요."

"아니, 아니. 검정이로되 아주 순 검정이라야 된답니다. 머리 끝부터 발바닥까지 순 검정털이라야지 다른 털이 단한 가닥만 섞였어도 효과가 없답니다그려."

"하하, 그건 좀 어렵겠는걸요. 돈만 많이 주고 구하려면야 아주 구하지 못할 것도 없겠지만요."

유명한 욕심쟁이 기어코 돈 이야기를 붙였다.

"돈이야 무얼. 만금이라도 아끼지 않겠습니다만 하도 오늘낼 하는 위태한 중병이니까 그렇게 천천히 구해보고 어쩌고 할 새가 없습니다. 지금 곧 있어야지요."

"고아서 하제에 타 먹는다니까, 하제야 보통 약이니까 고양이만 구하면 금방 될 수 있지요. 돈만 많이 내놓고 구하면 내일 안으로 구할 수 있겠지요."

"오늘 밤 안으로 구할 수 없을까요?"

"그렇게 순 검정이라면 오늘 밤 안으로는 어렵습니다. 무어 구해볼 겨를이 있어야 하지 않습니까? 돈만 아끼지 않으신다면 내일 안으로는 구해보지요."

"그럼 내일 안으로 꼭 구하기로 하고 돈을 얼마를 가지면 되겠습니까?"

"글쎄올시다. 천천히 한 서너 달 두고 구하라면 한 7, 80냥 줘도 되겠지만 여러 사람을 각처로 늘어놓아서 구하자면 적어도 한 2천 냥은 쓰셔야 할걸요. 워낙 급하게 구는 일이니까요."

"구하기만 꼭 구한다면 2천 냥을 드리기로 하지요. 그러고 그것을 잡숫고 낫기만 하면 상금으로 또 천 냥을 드리기로 하지요."

"네, 네. 지금부터 부지런히 구하겠습니다. 내일 저녁때 오십시오."

"그 대신 이 소문이 밖으로 나가지 않도록 주의해주십시오. 만일 이 소문이 나가기만 하면 대감께서 가만히 두시지 않을 것이니, 그리 되면 주인께서 큰 봉변이십니다."

이렇게 다져놓고 그 중년 노인은 밖에서 기다리던 하인

을 데리고 돌아갔다.

고양이 한 마리에 돈 2천 냥을 내라는 욕심스런 말에 한 마디 책망도 잔소리도 없는 것으로 보던지, 그 위에 낫기만 하면 또 천 냥을 준다는 것을 보면 여간 세도하는 대가가 아니고는 못 할 일이다. 대가 중에도 상당히 세도 있는 대가,

'옳다! 윗동네 이대감 따님이 시집을 간다는 소문을 들었는데 아마 그 댁인가 보다.'

하고 그렇게, 날아가는 새라도 떨어뜨릴 세도 있는 대가에서 하고많은 약국 중에서 은밀한 곳을 찾아 자기에게로 오게 된 것은 이것도 큰 복이라고 의원은 한없이 기뻐했다.

큰 수가 저절로 굴러 들어온 기쁨에 욕심쟁이 의원은 싱글벙글 혼자 기뻐하면서 그 즉시 집 안에 드나드는 젊은 사람들을 모아서 각처로 검정 고양이를 구하러 내보냈다. 그러나 그날 밤에 제각각 한 마리씩 가지고 돌아온 고양이를 일일이 조사해보니 모두 코 아니면 눈 옆이나 귀 옆에 흰 점이 있거나 꼬랑지 밑에 누런 털이 있거나 하여 순 검정은 하나도 없었다.

이래서는 안 되겠다고 이튿날은 동리 젊은 사람들까지 모아다가 수없이 많은 사람을 이른 새벽부터 각처로 내보냈다.

점심때가 지나도록 한 사람도 돌아오지 않는데 어저께 왔던 그 손님이 찾아왔다.

"이제껏 구하지 못했으면 큰일났습니다. 나는 어저께 당신이 꼭 구한다고 했으므로 돌아가서 대감께 어김없이 구해올 터이니 안심하고 계시라고 하고 지금 돈까지 2천 냥을 가지고 왔는데, 만일 오늘 저녁에 가져가지 못하면 내가 대감께 거짓말을 여쭌 꼴이 되어서 큰일나겠습니다."

"염려 마시고 오늘은 새벽부터 각처로 내보냈으니까 저녁때까지 꼭 올 것입니다. 저녁때에 오시면 꼭 드리지요."

저녁때가 되어 한 사람 한 사람씩 돌아왔는데, 아홉 사람 중에 세 사람밖에 못 구해오고 나머지 여섯 사람은 빈손으로 그냥 돌아왔다. 그러나 그 세 마리도 귓속에 흰 털이 있거나 발바닥에 흰 털이 있거나 하여 순 새까만 것은 없었다.

욕심쟁이 의원이 몹시 초조해 하는데 그때 또 그 손님이 와서 못 구했다는 말을 듣고는 얼굴이 파래졌다.

"큰일났습니다. 대감께서는 지금 숯불을 피워놓고 기다

리시는 형편입니다. 뭐라고 가서 여쭈어야 합니까? 그리고 따님은 지금 당장 깔딱깔딱 운명을 할 지경인데…….”

“대단히 미안합니다만 새까만 고양이란 영영 없습니다 그려.”

“그럼, 내가 가서 하루만 더 여유를 주시면 꼭 구하겠다고 하더라고 할 터이니 내일 저녁까지 구할 수 있겠습니까? 그러면 고양이 값으로 천 냥을 더해 3천 냥으로 하고 또 상금도 드릴 터이니…….”

“네, 네. 그리 해주십시오. 내일은 장담하고 구하지요. 내가 목숨을 베어 바치는 한이 있더라도 구하겠습니다.”

“분명히요?”

“네, 염려 마십시오.”

손님은 거듭 당부하고 돌아가더니 그 길로 금방 또다시 찾아왔다.

“대감께 그렇게 잘 여쭈었습니다. 그러나 내일도 구해오지 못하면 처음부터 거짓말로 속인 것이니까 용서하지 않겠다 하십니다. 그리 되면 당신께서 어떤 벌을 받을지 모르는 일이니 주의하십시오.”

그 이튿날은 더 이른 새벽부터 각처로 사람을 보내놓고 기다리고 있었으나 점심때가 지나도록 한 사람도 돌아오지 않았다. 의원은 차차 걱정이 들기 시작했다.

"공연히, 처음부터 못한다고 할 것을⋯⋯. 오늘도 구해놓지 못하면 나는 새도 떨어뜨리는 세도 댁인데, 거짓말했다는 죄로 따님 살리지 못하는 화풀이를 나에게 할 터이니 무슨 변을 당하는지 알 수가 있나⋯⋯."

포도청에 갇혀 있는 것같이 몸이 뒤틀리고 머리가 아파오기 시작했다. 해가 서편으로 제법 기울었건만 그래도 나갔던 사람은 하나도 돌아오지 않았다. 의원의 가슴은 바짝바짝 탔다.

그때였다. 문 안에 언뜻 들어서는 손님 한 분, 그는 남자가 아니요 부인이었다. 키가 날씬하여 훤칠해 보이고 장옷 틈으로 내다보이는 얼굴은 코와 입만 보아도 젊은 미인이었다.

"저, 여기서 검정 고양이를 구해들이신다는 소문을 듣고 왔는데요. 이 댁입니까?"

목소리가 젊고 어여쁘기도 하지만 고양이 이야기에 몹시도 반가워서 벌떡 일어나 쫓아 나오면서

"네, 네. 여기서 삽니다. 검정 고양이가 어디 있습니까?"

"네, 여기 가지고 왔습니다. 그런데 아주 어려요."

"네, 네. 어려도 좋습니다. 어디 보십시다."

부인은 장옷_{옛날 부녀자의 외출복으로 얼굴을 가리는 옷} 앞자락을 헤치고 보통이를 마루 위에 내려놓았다.

얼마나 반갑던지 빼앗는 것처럼 달려들어 보통이를 끌러놓고 고양이를 들고 이리 보고 저리 보고 발바닥, 귓속까지 들여다보아도 과연 바늘 끝만큼도 까맣지 않은 곳이 없었다. 의원은 죽은 구덩이에서 살아 나온 것처럼 기뻤으나 금세 천연한 얼굴을 지으면서 아주 냉정하게

"파신다면 사기는 사겠습니다만 요렇게 어린 것을 어디 얼마나 드리겠습니까? 한 20냥 드리지요."

"아이구, 망령의 말씀이지요. 자세히 들여다보십시오. 이것이 정말 검정 고양이입니다. 이렇게 새까만 고양이 염통이면 죽었던 사람이라도 살아난다는 것 아닙니까? 몇 만 냥 주고도 살리지 못하는 것인데 20냥이 무엇입니까? 참 보물처럼 귀중히 기른 것인데, 마침 돈이 좀 소용되는 곳이 있어서 가지고 왔더니……."

하면서 부인은 보자기를 펴고 고양이를 다시 싸려고 했다.

의원은 깜짝 놀라서

"아, 아, 아니. 그렇게 급히 구실 것이야 있습니까? 흥정이라니, 차차 이야기를 하면 팔려던 것 못 팔고 사려던 것 못 사겠습니까? 그래, 얼마를 드려야겠습니까?"

"얼마라니요. 사람 살리는 보약을 그냥 거저 달라는 말씀이지 어디 얼마라는 말씀을 할 수 있습니까? 못 받아도 2천 냥은 받아야 해요."

"응, 2천 냥?"

의원은 자기가 그걸로 4천 냥 먹으려는 욕심은 잊어버리고 기절하게까지 놀랐다.

그러나 부인은 자꾸 도로 싸 가지고 가려고만 하는지라 싸우다싸우다 못해 2천 냥을 내주고 사고 말았다. 2천 냥 주어도 4천 냥을 받으면 2천 냥 남는 생각을 하는 것하고, 또 하나는 자기가 봉변을 면할 생각하고 두 가지가 급해서 그리 시킨 것이었다.

그러나 봉변은 뜻밖의 방면으로 당했다. 4천 냥 받을 생각을 하고 2천 냥을 주고 사놓았는데, 그날 저녁때 해가 지기 전에 찾으러 온다던 대감 댁 손님은 이내 오지 않았다.

밤이 깊어도 오지 않고 그 이튿날이 되어도 도무지 아무 소식이 없었다.

그제야 정신이 나서 2천 냥을 주고 사놓은 고양이를 다시 내놓고 목욕을 시킨다, 문질러본다 하니 발바닥 밑 흰 털에 깜장물을 들여놓은 것이었다. 하도 어이가 없어서 관가에 호소를 했더니, 이름도 주소도 모르는 일이라

"이놈! 네가 분수 없는 욕심을 부리다가 당한 노릇이니까 천벌이다. 천벌로 알고 마음이나 고쳐먹어라."

하며 물리쳐버렸다.

그 후였다. 3년이 지나 지난해 겨울에 서대문 밖에서 육손六指이라고 하는 여도적이 하나 잡혔는데, 그 자백 중에

"동대문 안 느릿골에 가난한 사람의 피를 빠는 극악한 의원 장가라는 놈이 있다는 말을 듣고 한번 곯릴 생각을 하다가 나의 정부를 어느 대감 댁 가인으로 꾸며 그 대감 댁에서 검은 고양이를 산다고 해놓고 내가 고양이 새끼 한 마리를 염색해다가 안겨두고 2천 냥을 뺏어온 것이 제일 상쾌했었다."

는 말이 있었다.

금발 낭자
마리아나 아씨의 머리

마리아나! 그는 어느 때부터인지 나도 모르게 내 마음속의 조그마한 대궐에 탄생한 어여쁜 아씨의 이름입니다. 그리고 내가 그것을 처음 알았을 때는 벌써 그 아씨는 나와 똑같은 나이로 크게 자란 훌륭한 처녀였습니다.

내 마음속에 그가 있는 것을 처음 알았을 때 얼마나 놀라고 또 얼마나 즐거웠겠습니까. 거의 모든 것을 잊어버리고 몇 날 동안을 아씨의 자태와 거동만 들여다보고 있었습니다.

천사니 선녀니 하지만 그보다도 더 곱고 더 훌륭한 자태를 내 마음속의 마리아나 아씨는 가지고 있었습니다. 그 어여쁜 코와 만져서는 안 될 고귀한 향주머니같이 보이는 귀와, 귀밑과 버들가지보다도 더 보드랍고 가는 듯싶은 허리와 달밤에 빛나는 자개 같은 손톱들이 이 세상에 다시 구해볼 수 없이 아름답고 훌륭한 것이었습니다.

그러나 그것들보다도 더 훌륭하고 더 놀라운 것은 아씨의 길고 긴, 아주 한없이 길다란 황금 머리입니다. 참말로 그 머리를 한 번만 보는 사람은 누구든지 평생의 경이가 될 것입니다. 내가 이제 그 머리에 관한 이야기를 하지요. 그 머리 이야기가 마리아나 아씨의 전체 이야기가 되는 것이니까요.

마리아나 아씨의 머리는 노오란 황금 머리인데, 층절 없이 발끝까지 잔잔하게 내려간 길고 숱한 머리가 보기 좋게 잔잔한 물결 형상을 짓고 있습니다. 조용조용히 사뿐사뿐 걸어가는 것을 뒤에서 보면 길게 입은 치마 끝 조금밖에는 몸도 보이지 않아서 그 좋은 황금 머리 한 채만 걸어가는 것 같습니다. 그러나 그 머리에는 조금도 치장을 하는 일이 없습니다. 그 숱한 머리를 틀어 올리기도 주체스럽고, 땋아 걸기도 힘드는지 빗 하나 꽂지 않고 그냥 그대로 고스란히 늘어뜨려두는데, 다른 치장을 하면 그 좋은 머리를 도리어 헤집는 것이 되어서 머리에는 아무 치장도 하지 않고 의복 빛만 그때그때 따라서 머리 빛에 어울리도록 갈아입곤 합니다. 가령 찬란한 아침빛이 환하게 빛날 때는 곱디고운 분홍색 옷을 입고 쓸쓸하게 해 지는 황혼 때는 엷은 자색 옷을 입고요…….

마리아나 아씨가 제일 좋아하는 것은 장미꽃이었습니다. 그래서 아씨의 마당에는 몇 천 가지의 훌륭한 장미꽃이 고이고이 자라고 있어서 겨울이나 여름이나 사철 피어 있고, 아씨는 거의 이 장미꽃밭에서만 날을 보내고 있습니다.

아씨가 이 꽃밭에 소요할 때는 반드시 조그만 방울이 달린 은화銀靴를 신는데, 걸음걸음에 조그만 방울이 흔들려서 어여쁜 소리가 나고 그 소리는 신통하게도 멀리, 멀리까지 들립니다. 그래서 그 방울 소리가 들리면 장미꽃들은 이때까지 거친 햇빛에서 시들었던 가지도 별안간 고개를 들고 생신한 향기와 웃음으로 마치 저희들의 여왕을 맞이하듯이 반겨 아씨를 환영합니다. 그러면 아씨는 그 고운 얼굴에 웃음을 띠고 어떤 나무는 어루만져주고 어떤 곳은 입 맞춰주고 또 어떤 곳에는 알지 못할 작은 소리로 말을 해주곤 합니다.

장미 꽃나무가 많이 있는 틈에 가면 뒤에 따라다니는 열두 명의 시녀들 중에 두 사람이 아씨의 머리를 반씩 나누어 공손스럽게 받쳐들고 갑니다. 만일 그 귀여운 머리의 하단 한 가닥이라도 나뭇가지에 걸리면 큰일이니까요.

아침저녁으로 머리를 빗을 때는 참말로 굉장합니다. 그 많은 꽃나무 중에서도 제일 보기 좋고 제일 향기 좋은 꽃만 추려 심은 꽃밭 옆에 있는 방에서 유리창을 활짝 열어놓고, 아씨가 꽃밭을 내다보면서 앉으면 시녀 한 사람이 향내 나는 기름을 손에 묻혀 그 길고 긴 머리를 곱게 문지릅니다. 그러고 나면 둘째 시녀가 아주 설피디설핀 굵은 빗으로 곱게 조심조심하면서 빗기고, 그 다음에는 셋째가 조금 가는 빗으로 조심조심 빗기고, 그 다음에는 넷째가 조금 더 가는 빗으로 조심조심 빗기고, 또 그 다음에는 다섯째가 더 가는 빗으로 빗기고 여섯째, 일곱째, 여덟째 이렇게 열한 번째에 이르도록 차례차례 더 가늘고 고운 빗으로 빗겨서 꼭 열 사람의 손으로 열 번을 빗고 나면, 맨 나중에 열두 번째의 시녀가 향내 나는 기름을 손에 묻혀가지고 곱게 내리바릅니다.

그러면 아씨는 체경體鏡을 들여다보고 만족하여 마당으로

걸어 나가고 밤에는 침대 위에 그 숱 많은 머리를 편히 놓아두고 자리에 눕습니다. 만일 머리를 빗기다가 잘못되어 한 가닥이라도 빗에 걸려 빠지면 그만 큰 벌을 당하게 되는고로 시녀들은 날마다 머리 빗길 때처럼 조심되고 겁나는때도 없습니다.

마리아나 아씨가 보통 아씨라면 벌써 훌륭히 결혼할 나이였습니다. 마리아나 아씨가 더할 수 없이 잘생겼다는 말을 듣고 날마다 찾아오는 젊은 손님은 결혼을 청하러 오는잘생긴 남자들이었습니다. 어떤 사람은 소문을 듣고, 어떤사람은 꽃 울타리 틈으로 흘깃 보기만 하고, 또 어떤 사람은 길을 가다가 꽃 울타리 밑에서 쉬던 때 언뜻 들리는 구두의 방울 소리만 듣고…….

그러나 오는 사람마다 아씨를 한 번 보고는 그만 정신을잃은 듯이 황홀해지는 동시에 그 머리가 으리으리한 데 놀라서 말도 못 내보고 스스로 도로 물러나가곤 했습니다. 조금 움직이는데도 시녀가 열두 사람 있어야 하니까요. 그리고 열 사람에 한 사람쯤 말을 내보아도 아씨의 눈에 들지않는 고로 낙망하고 나가곤 했습니다.

그런데 어느 날, 하루는 이때까지 왔다 간 여러 사람보다도 아주 잘생기고 훌륭한 젊은 남자가 왔습니다. 와서는 아씨의 앞에 무릎을 꿇고 파란 장미꽃을 공손히 바치면서

"이 세상에 단 한 분뿐인 아씨여! 원하오니 나를 당신의 사랑하는 장미꽃 중의 하나로 여겨주십시오. 나의 참뜻을 표하기 위하여 다시없는 파란 장미꽃을 드립니다."

했습니다.

그러니까, 이것 보십시오. 이때까지 웃음을 띠고 있던 아씨의 얼굴이 슬쩍 변하면서

"네, 당신 소원대로 해드리지요."

했습니다. 뒤에 있던 열두 시녀들은 무슨 의미인지 몰라서 서로 궁금해 하는 얼굴로 마주 보면서 수군수군했습니다.

남자는 꿇어 엎드린 머리 위로 아씨의 반가운 말소리를 들었으므로 속마음으로 자기가 '당신이 나를 제일 사랑해 주십시오.' 하지 않고 슬쩍 '당신의 사랑하는 장미꽃같이 여겨주십시오.' 한, 겸손한 체하고 점잖은 체한 말이 기어코 아씨의 마음이 자기에게로 움직이게 한 것이라고 생각하고 기뻐서 고개를 들었습니다. 들고 보니까 눈앞에는 아씨도 없고 아씨의 시녀들도 없고 그 대신 은 쇠사슬을 늘어뜨린

사나이 옥졸 두 사람이 자기의 허리춤을 좌우에서 꼭 붙잡고 있었습니다.

이튿날 아침에 남자는 꿈 깨듯 눈을 떠보니까 자기는 장미꽃 나무의 가시덤불로 에워싸인 형장刑場에 끌려 나와서 지금 사형을 당하는 판이었습니다. 그래서 지금 당장 무서운 칼날이 목을 내리찍으려 할 때 그는 마지막으로 소리쳐서 죽는 이유나 알려달라고 했습니다.

바로 그때, 어저께 아씨에게 드린 파란 장미꽃이 어디서인지 와서 그의 앞에 떨어졌습니다. 깜짝 놀라 얼굴을 들고 보니까 멀리 높은 곳의 의자에 기운 없이 아주 시든 꽃같이 늘어진 마리아나 아씨가 시녀들의 부축을 받아 앉아서 간신히 남자를 내려다보면서

"자아, 당신의 소원대로 당신이 준 꽃과 같이 해줄 터입니다. 파랗게 잘려서 목을 베게. 아아, 나는 그 악착한 일을 하지 않을 수가 없어요."

하고 그만 두 손으로 얼굴을 감싸면서 푹 엎으러졌습니다.

아씨는 장미꽃을 사랑하기는 해도 아니, 해도가 아니라 사랑하기 때문에 결단코 그 꽃을, 그 꽃의 목을 꺾는 일은 없었습니다. 젊은 남자는 그것을 몰랐던 것입니다. 장미꽃

을 사랑하는 아씨에게 장미꽃을 드리는 것은 가장 잘하는 일이라고만 그렇게 간단하게 생각해버린 것입니다.

아씨는 꺾어온 꽃이, 더구나 그것이 장미꽃이기 때문에 그렇게 악착한 짓이라도 하지 않고는 참을 수가 없었습니다. 그러나 젊은 남자는 참으로 모르고 한 짓이라고 하여 칼이 목에 닿을 뻔했지만 다행히 용서되어 나갔습니다.

그러나 아씨의 마음은 몹시도 상해서 여러 날 두고 불쾌한 마음이 사라지지 않았습니다. 그래서 가늘던 허리가 더 가늘어지고 얼굴에는 항상 애처로운 빛을 띠고 있게 되었습니다. 찾아오는 사람마다 좋은 낯을 보지 못하고 돌아가곤 했습니다.

이렇게 불쾌한 날이 계속되던 어느 날, 하루는 아씨가 마당을 걸어 가장 향내 많이 나는 황금빛 장미꽃 앞에 발을 멈추고 섰으려니까 어디서 나는지도 모르게 꿀벌 소리 같은 가는 소리가 들렸습니다. 무슨 소리일까 하고 귀를 기울여 들으니까 그것은 꿀벌 소리기 아니요 먼 데서 퍽 좋고 아름다운 곡조로 가늘게 부는 피리 소리였습니다. 그래서 아씨는 귀를 덮은 머리칼을 뒤로 밀고 귀를 기울여 조용히 피리 소리를 들었습니다.

"아이구, 장미꽃 향기와 똑같은 음악일세!"

하면서 그의 얼굴에는 오랜만에 웃음 빛이 떠올랐습니다.

그 후로는 그 이튿날, 또 이튿날 언제든지 아씨가 꽃 마당에 나가기만 하면 그 아름다운 피리 소리는 변하지 않고 들렸습니다. 그리고 더욱 신기한 것은 아씨가 흰 꽃 앞에 섰을 때는 흰 꽃 향기 같은 소리를 내고 붉은 꽃 앞에 섰을 때는 또 다른 소리를 내고, 어느 때는 따뜻하고 어느 때는 부드럽고 처량하게, 또 장대하게 갈수록 진지하게 나오는 곡조는 그칠 줄을 몰랐습니다.

아씨는 날마다 그 미묘한 음악을 듣기에 재미 붙여서 밤이면 날이 밝기를 기다리고 낮이면 해가 지지 말기를 바라면서 꽃밭에 나가서 음악 듣기를 낙으로 알고 지내게 되었습니다. 그러다가 나중에는 기어코 피리 부는 임자를 보고 싶어서 그를 찾아 인도해 오도록 시녀를 내보내려고 했습니다.

그러니까 그 피리 임자는 알아채고 몸뚱이는 보이지도 않게 꽃 울타리 밖에서

"나를 찾아서 어쩌시렵니까?"

하고 물었습니다. 그러니까 아씨는 서슴지 않고

　"무엇이든지 당신이 소원하는 것을 드리지요."

하고 대답했습니다.

　"그러면 만일 내가 젊은 처녀라면?"

　"당신이 처녀라면 다시없는 내 친구를 삼지요. 그 증거로 이 보석 목도리를 거저 드리지요."

　"그럼 허리가 구부러진 노파라면?"

　"그럼 우리 할머니처럼 위해드리지요. 그 증거로 이 은 지팡이를 드리지요."

　"그러면……. 아주 젊은 남자라면?"

　아씨는 그 소리를 듣고는 깜짝 놀란 것처럼 귀밑이 빨개져서 타오르는 것 같았습니다.

　"아씨, 만일 내가 아주 젊은 남자라면?"

하고 밖에서 들려오는 소리는 재촉하듯이 또 들렸습니다. 아씨는 간신히 나오는 소리로

　"역시 무엇이든지 당신 소원대로……."

하고 말끝을 마치지 못했습니다. 그러니까 밖에 있던 젊은 남자가 몇 개의 황금 피리를 가지고 꽃 울타리를 훌쩍 넘어서 앞마당으로 들어왔습니다.

"자아, 당신의 머리칼을 귀밑에서 덥석 잘라 주십시오. 지금 말씀하신 마음의 증거로⋯⋯."
하고 말했습니다.

아씨가 아무리 소원대로 해준다고 하였기로 그렇게 무리한 억지 청이야 들을 수 있겠습니까. 그것은 아씨의 생명을 달라는 것이었습니다. 그러나 파래진 얼굴에 노기 품은 눈으로 남자의 얼굴을 한참이나 내려다보던 아씨는, 점점 다시 화기가 돌더니 아주 빛나는 얼굴로 빙긋 웃고는 시녀들이 놀라 말리는 것도 듣지 않고, 두 손으로 자기의 머리채를 잡아서 칼을 빼들고 서 있는 남자 앞에 내밀었습니다. 그의 몸에서 머리칼을 베어버린 것이 아니라 몸이 간신히 머리에서 해방이 되었습니다.

아씨는 해방되면서부터 생활이 아주 딴판으로 변했습니다. 아침에는 귀밑에서 자른 짧은 머리에 손질만 잠깐 하는 듯 마는 듯하고는 아주 경쾌하고 활발하게 꽃밭으로 나가고, 잘 때도 머리를 들어서 침대 위에 얹어놓고 자는 불편이 없어졌습니다. 시녀들도 그 겁나고 조심되는 일이 없어져서 거의 구원된 것 같았습니다. 아씨의 생활이 변하니까 마음의 대궐 안이 갑자기 더 맑아지고 모두가 시원하였습니다.

그리고 요즈음 아씨는 잘라낸 머리칼로 행복한 그 남자
의 갑옷을 짜고 있습니다.

돈벼락

연극 잘하는 배우 김예호라는 사람이 있었습니다. 연극 중에서도 여편네 노릇을 잘하는 고로 여편네 머리탈을 쓰고 분을 바르고 여편네 옷을 입으면 정말 여편네인 줄 속지 않는 사람이 없었습니다.

어느 해인지 더운 여름에, 이 시골 저 시골로 돈벌이를 하러 돌아다니다가 장마를 당해 돈은 못 벌고 고생고생하던 끝에 혼자 떨어져서 깊은 산골 속에 사는 친척집을 찾아가게 되었습니다.

한 번도 가보지 못한 깊은 산길로 타박타박 걸어가노라니 다리는 아프고 배는 고픈데, 갈 길이 백 리나 남았건만

돈벼락

산속에서 해가 저물어 어두워오기 시작했습니다.

낮에도 혼자 다니기 무서운 산속인지라 밤이 되니까 어떻게나 컴컴하고 겁이 나는지 귀신이라도 덤벼들 것 같아서 가슴이 두근두근하며 걸음이 잘 걸리지 않았습니다.

떨리는 가슴으로 타박타박 머고개라는 고개에 기어 올라가니까 희한한 일이지요. 그 깊은 밤중에 고개 위 오른손편에 조그만 굴이 있고 그 굴속에 하얗게 늙은 노인이 혼자 앉아 있었습니다.

무섭고 겁나던 판에 다른 아무 생각할 틈도 없이 그저 반갑기만 해 가까이 가서

"누구신지 모르나 잠깐 여쭈어볼 것이 있습니다."

"당신은 누구요?"

"네, 저는 강원도 산골에 사는 김예호올시다."

노인은 김예호라는 말을 검은 여우라는 말로 듣고

"응? 강원도 산속에 사는 검은 여우야? 하하, 여우는 사람으로 변하기를 잘한다더니 자네는 참말 사람같이 잘도 변했네그려. 꼭 속겠는설……."

아주 여우인 줄 압니다.

"이렇게 저렇게 탈을 쓰고 변하는 것이 제 직업이니까요.

여편네 노릇도 하고 어린아이 노릇도 합니다."

"암, 그렇겠지. 이 깊은 산속에서 무엇이든지 얻어먹으려면 무슨 탈을 쓰든지 자꾸 변해야지. 어디 지금 나 보는 데서 여편네로 한번 변해보게."

"네, 아주 쉽습니다. 금방 여편네 탈을 쓰지요."

하고 김예호는 돌아앉아서 들고 온 보퉁이를 끄르고 분을 바르고 머리탈을 쓰고 여편네 옷을 입었습니다.

어두운 데서 금방 차렸건만 아주 새색시같이 어여쁩니다.

"하하. 참말 용하이, 꼭 속겠네. 나보다 몇 갑절 재주가 좋은걸. 인제 자네에게 말이지, 나는 실상은 이 산속에 사는 백년 묵은 대사大蛇라네. 사람을 잡아먹으려고 이렇게 날마다 사람탈을 쓰지만 밤낮 늙은 사람으로밖에는 변하지 못한다네."

"네? 당신이 뱀이에요? 제, 제, 제발 그저 목숨만 살려주십시오. 그저 목숨은 살려주십시오."

달아나지도 못하고 김예호는 애걸복걸했습니다.

"살려주지. 살려주지. 내가 언제 여우를 잡아먹는다던가? 그런데 자네는 무엇으로든지 마음대로 잘 변하니까 이 세상에 무서운 것은 없겠네그려."

"무서운 것이야 있고말고요. 무서워 무서워해도 저는 이 세상에 제일 무서운 것이 돈인 줄 압니다."

"돈? 그까짓 것이 무에 무섭단 말인가?"

"무섭구말구요. 참말 무섭습니다. 백 원짜리 십 원짜리는 물론이고 십 전짜리 오 전짜리라도 돈이라면 그것같이 무서운 것은 없습니다. 당신은 제일 무서운 것이 무엇입니까?"

"내가 제일 무서운 것은 꼭 한 가지가 있지. 그러나 이것은 결단코 입 밖에 내서는 안 되네. 꼭 혼자 알고 있게."

"네."

"실상은 내게는 담뱃진이 제일 무서운 것이라네. 그 끈적끈적한 담뱃진이 내 몸에 닿기만 하면 그만 내 몸이 썩네그려. 그러나 이 말을 사람 놈들이 알기만 하면 큰일나네."

"네, 염려 마십시오. 자, 저는 가겠습니다."

"오늘은 내게서 자고 가게그려. 사람 잡아먹는 이야기나 서로 하고."

"아니에요. 길이 급합니다."

"그럼 잘 가게. 또 들르게."

"네, 안녕히 계십시오."

'이제야 살아났구나!' 하고 김예호는 전신에 비같이 흐르는 땀을 씻으면서 급한 걸음으로 고개를 넘어 내려가니까 저 멀리 불 하나가 반짝반짝합니다.

그만 저승에서 사람의 집이나 만난 것처럼 반갑고 기꺼워서 달음질치듯이 그곳에 가보니 과연 사람 집이었습니다. 대문을 두드리니까 자다가 일어나는지 한참 만에야 주인이 나왔습니다.

"길 가던 사람인데 잘 곳이 없으니 하룻밤 재워주시오."

"재워드릴 방이 없습니다. 그런데 당신은 지금 어느 길로 오셨소이까?"

"저 고개에서 내려왔습니다."

주인이 눈이 둥그레지며 놀라서

"무어요? 저 머고개에서 오셨단 말입니까?"

"네, 그리로 왔어요."

"아니, 당신 정말입니까? 그 고개 위에는 백 년 묵은 큰 뱀이 있어서 오고 가는 사람을 잡아먹는 고로 낮에도 사람이 지나지 못하는 곳인데요."

"네, 거기 뱀이 지금도 있습니다. 내가 지금 그 뱀을 보고 온 길이에요."

돈벼락

"아니, 이 양반이 정말 사람인가 무언가."

"내가 정말 그 뱀을 만나서 여러 가지 이야기를 하다가 그 뱀이 제일 무서워하는 물건까지 알고 왔어요. 나를 하룻밤만 재워주면 그 뱀이 무서워하는 물건을 알려드리지요."

"그럼 고맙지요. 꼭 가르쳐주시오. 자아, 더럽지만 원수를 갚으러 방으로 들어가십시다."

들어가서 저녁밥과 술까지 배불리 먹었습니다.

"그래, 그놈이 제일 무서워하는 것이 무어랍디까?"

"담뱃진이래요. 담뱃대 속에 있는 끈적끈적한 진 말이에요. 그놈이 몸에 닿기만 하면 몸이 썩는대요."

"그까짓 담뱃진이면 얼마든지 있지요."

하고 그날 날이 밝기 전부터 주인이 온 동리를 돌아다니면서 집집에 소문을 퍼뜨려서 담뱃대란 담뱃대는 모두 모아 쑤셔서 굉장히 많은 진을 모아 길다란 작대기 끝에 묻혀 가지고 젊은 사람들은 모두 모여서 고개에 올라가 뱀이 있는 굴속에 쑥 들이질렀습니다.

그러니 대사란 놈이 큰일이 나지 않았습니까.

'이것은 필시 그 강원도 사는 검은 여우란 놈이 동리 사람들에게 가르쳐준 모양이라.'

이를 악물고 분해 하면서 그만 어디로인지 도망쳐버렸습니다.

그 후로는 동리 사람들이 마음놓고 지나다니게 되었으므로 감사감사하여 잔치를 베풀어 김예호에게 대접하고 돈까지 많이 모아주었습니다. 그래 김예호는 그 돈을 가지고 강원도 자기 고향에 돌아와서 걱정 없이 지내게 되었습니다.

그런데 그 머고개에서 쫓겨 도망친 뱀이 이를 악물고 원수를 갚으려고 앙앙히 지내는 터에 3년이 지난 때 비로소 강원도에서 김예호가 사는 집을 찾았습니다.

주인 김예호가 나와보니까 큰일났습니다. 분명히 3년 전에 머고개에 있던 뱀 늙은이입니다. 몹시 혼이 나서 가슴이 두근두근하면서

"어떻게 이렇게 먼 곳을 찾아오셨습니까? 어서 마루로 올라오십시오."

그러나 올라오지도 않고 눈만 무섭게 부릅뜨고 큰 소리로

"이놈, 여우야!"

"네, 그저 잘못했습니다. 목숨만 살려주십시오."

"안 된다. 안 되어. 네가 이놈, 내가 무서워하는 것을 사람들에게 가르쳐줘서 나를 쫓게 했으니까 나도 오늘 네가 무

서워하는 것을 잔뜩 가지고 왔으니 좀 죽어보아라!"

하고 두 손을 꺼내들더니 십 원짜리 백 원짜리 은전 금전을

돌멩이 던지듯 수없이 마루 위에다 던져놓고

  "이놈아! 어떠냐? 꽤 무섭지?"

하고 돌아갔습니다.

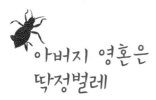

아버지 영혼은 딱정벌레

20년 전에 실제로 있었던 이야기입니다.

북아메리카 캐나다에 있는 캐나다 태평양철도회사의 밴쿠버 정거장에서 수백 명의 남녀 손님을 태운 기차가, 이제 이쪽 태평양 가를 떠나 여러 날 두고 달음질하다가 저쪽 대서양 가까지 먼 길을 다녀오려고 모든 준비를 마쳤습니다.

몇 천 리, 만여 리를 떠나는 손님들과 또 그를 작별하는 손님들이 기차와 기차 밖에 가득 서서 와글와글 떠들고, 역장과 역부들은 자주 시계를 꺼내 보고……. 몇 만 리 먼 길을 갔다 오려는 기관차는 연기만 뿜으면서 떠날 시간만 기다리고 있었습니다.

그러나 수백 명의 손님과 또 수없이 많은 짐과, 여러 채의 수레를 끌고 여러 날 걸리는 먼 길을 갔다 올 젊은 기관사 앤더슨은 시간이 닥쳐오건만 아직도 자기 집 방문을 떠나지 못하고 있었습니다.

어머니도 없고 아주머니나 누이도 없고, 아내도 동생도 없는 몸이, 식구라고는 다만 한 분 늙으신 아버지를 모시고 셋방살이 가난한 살림을 하는 터에 아버지 병환이 위독하여 암만 해도 여러 날 걸릴 길을 떠날 수 없어서 조비비는_{안타까워하다는 뜻의 사투리} 마음으로 망설이고 있는 것이었습니다.

'미안한 일이지만 이번에는 가지 못하겠다고 회사에 통지를 하리라.'

벽에 걸린 시계를 바라보면서 이런 말을 혼자 중얼거릴 때 몸을 일으키지 못하는 아버지가 그 말을 알아들었는지

"이 애야, 네가 오늘 기차를 가지고 떠날 날인데 왜 가지 않고 있느냐?"

합니다.

"아버님 병환이 이렇게 위중하시니 어떻게 떠날 수가 있습니까. 안 가기로 작정했습니다."

하고 대답했습니다. 그러니까 아버지 말씀이

"이 애야, 그게 무슨 소리냐. 네가 그렇게 너의 직무에 불충실하여서야 쓰겠느냐……. 너 한 사람이 안 가면 수백 명 손님이 갈 곳을 가지 못하고 낭패가 대단할 것 아니냐. 나는 내 병 때문에 네가 세상에 충실치 못한 사람이란 말을 듣게 하고 싶지는 않다! 내 병은 아무 염려 없으니 어서 시간 늦기 전에 가거라. 네가 돌아올 때까지 기다리고 있으마."

하고 간절하게 말씀하시는 품이 도저히 거역할 수 없는 것을 알고 앤더슨은 억지로 일어나 옆방 셋방마님께 아버지의 간호를 부탁해두고 모자를 들고 서서

"아버지, 그럼 갔다 오겠습니다."

했습니다.

"오냐. 내 병은 조금도 염려 말고 잘 다녀오너라. 내가 너 없는 새 죽을 리도 없지만 만일 내가 불행히 죽더라도 내 정신은 네 옆을 떠나지 않고 너의 일을 도와줄 것이다."

하는 말씀을 앤더슨은 몹시 불길한 말씀으로 들어

'왜 저런 말씀을 하시는가.'

하고 가슴이 섬뜩했으나 시간이 급한지라 내키지 않는 걸음을 억지로 급히 걸어가서 기관차에 몸을 싣고 기계를 잡아 많은 손님을 태운 큰 기차를 끌고 머나먼 길을 떠났습니

다. 때는 여름이라 그 먼 길을 떠나던 날 저녁부터 몹시 큰 비가 오기 시작하더니 그칠 줄을 모르고 쏟아지는데, 기차는 바다에서 나온 마귀와 같이 비 오는 속을 소리소리 지르면서 그대로 돌진해나갈 뿐이었습니다.

기차는 내달리기만 하고 비는 쏟아지기만 하고, 이튿날 낮이 되어도 그치지 않고 또 그 밤이 되어도 그치지 않고 점점 더 무서운 기세로 땅덩이를 모두 두들겨 부술 듯이 무섭게 쏟아졌습니다.

그러니까 기차가 달리기는 하지만, 몰고 가는 앤더슨이나 옆에서 석탄을 지피고 있는 화부나 차장이나 타고 가는 수백 명 손님이나 다 같이 마음이 조마조마해 걱정이 대단합니다.

'비가 이렇게 여러 날 두고 몹시 오시니 이렇게 우중에 뚫고 나가는 기차에 무슨 탈이나 생기지 않을까.'

'이 기차가 달음질해 나가는 앞길에 혹시 산이 무너지거나 길이 떠내려가서 위험하지나 않을까.'

하고 가지각색으로 모든 사람이 걱정을 하고 있었습니다.

사흘 밤째 지난 그 다음 날이었습니다. 새벽인지 아침인지 모르고 기차는 내달리기만 하는데, 비는 간신히 그쳤는지 그치려는지 가는 이슬비가 내리는 것 같기도 하고 비 온 뒤의 자욱한 안개가 내리는 것 같기도 해서, 비는 그친 것 같으나 역시 천지가 캄캄한 때였습니다.

빗속에 기차를 몰아나가면서 마음은 집으로만 달아나

'비가 이렇게 몹시 오는데 그동안 아버지 병환은 어찌되었을까?'

하고 궁금해 하는 앤더슨이 흘깃! 들창 밖을 내다보니까 큰일났습니다! 기차가 나아가는 앞에 거무스레하고 커다란 사람의 그림자가 높다라니 나타나더니 한쪽 손을 번쩍번쩍 자꾸 듭니다. 기차나 전차가 나아가는 앞에서 손을 번쩍 드는 것은

'가지 말고 서라!'

하는 정거신호이므로 어느 때든지 어디서든지 기차가 나아가는 앞에서 손을 드는 것을 보면 혹시 사람이 치었구나! 또는 혹시 앞에 무슨 탈이 생긴 줄 알고 기차를 우뚝 세우는 법입니다. 이제 이렇게 무섭게 큰비가 6, 7일 온 터이고 또 앞에는 안개가 자욱한데, 허공 중천에 도깨비 같고 귀신 같은 헛그림자가 나타나서 기차를 정거하라고 하니 어찌 놀라지 않겠습니까.

앤더슨은 얼른 얼굴을 다른 곳으로 돌렸다가 다시 내다보니까 이상도 하지요. 기차는 지금 자꾸 달리는 중인데, 그동안에도 끔찍이 많은 거리를 왔는데 그 귀신 같은 그림자는 여전히 달리는 기차보다도 더 앞서서 여전히 손을 번쩍번쩍 들고 있습니다. 바로

"왜 정거하지 않느냐."

하고 꾸짖는 것 같지요. 앤더슨은 가슴이 덜컥했습니다. 겁도 겁이려니와 언뜻! 생각나는 일은

'아버지가 돌아가셨나보다!'

하는 것과 또,

'그럼 저것이 아버지의 영혼인가보다!'

하는 것이었습니다. 그래서 앤더슨은 굵다란 몽둥이로 머리를 후려 맞은 것처럼 정신 빠진 수탉같이 되어 정신없이 기계를 틀어 기차를 세웠습니다.

그렇지 않아도

'아무 변이 나지 말았으면!'

하며 조마조마하고 앉았던 수백 명 손님과 차장이 별안간에 기차가 우뚝 서니까, 기어코 큰일이 났구나 하고 눈이 둥그레져서

"웬말이오? 웬일이오?"

하고 모두 쏟아져 내려서 기관차로 우르르 몰려왔습니다. 누구보다도 먼저 차장이 뛰어올라가서 앤더슨에게 그 이야기를 듣더니 깔깔 웃으면서

"이 사람아. 그게 무슨 어리석은 소리인가. 아무 염려 말고 어서 가세. 공중에 나타나긴 무에 나타난단 말인가. 어서 가세. 어서, 어서."

하고 이번에는 자기가 기관실 앤더슨 옆에 지키고 서서 같이 나아가기로 했습니다.

그래서 간신히 손님들의 마음을 진정시키고 기차는 다시 나아가는데, 한참을 가다가 앤더슨이 또 흘깃 내다보니까 그래도 여전히 앞에 공중에서 그 이상한 그림자가 손짓을 자꾸 하고 있습니다. 그래서 앤더슨이 옆에 서 있는 차장을 보고

"저기, 저것 좀 내다보시오."

했습니다. 차장이 얼른 창밖을 내다보니까 참말 이상하지요. 공중에는 아무것도 없습니다. 그래서 차장은 또 웃으면서

"보이기는 무엇이 보인단 말인가. 공연한 소리 하지 말고 어서 가세."

하고 기계를 틀게 했습니다.

　참말로 이상도 한 일이지요. 차장이나 화부와 같이 내다볼 때는 아무것도 보이지 않고, 앤더슨이 혼자서 흘깃 내다볼 때는 여전히 그것이 나타나서 손짓을 부지런히 하고 있습니다.

　그래서 앤더슨의 생각에는 이것은 분명히 아버지가 돌아가신 것이라고 믿게 되었습니다. 내다보면 내다볼 때마다 자기의 눈에만 그 그림자가 어디까지든지 기차보다 앞서가면서 손짓을 드는 것이 보이는 고로 앤더슨은 그만 기계를 틀어 기차를 딱 세우고

　"나는 죽어도 더 못 나아가겠소."

했습니다. 그때 깜짝 놀란 차장이 창밖을 내다보더니

　"으앗! 보인다, 보인다!"

하고 미친 사람같이 소리쳤습니다. 석탄을 집어넣고 있던 화부가 그 말을 듣고 전기에 찔린 사람같이 뛰어나가 내다보더니 그도

　"보인다! 보인다!"

하고 소리쳤습니다.

　이제는 자기들도 기차를 더 몰고 나가자고 할 용기가 없

아버지 영혼은 딱정벌레

었습니다. 그래서 웬일인가, 웬일인가 하고 눈이 둥그레져서 뛰어내린 손님들께 그 이야기를 해드렸습니다.

그러니까 듣는 사람마다

"어이구, 그러면 이 앞길에 무슨 불길한 까닭이 있는 것이 분명합니다."

"아무리 바쁜 일이 있더라도 이렇게 되면 가지 못하지요. 무슨 변이 생길 줄 알고 가겠습니까."

하고 웅성웅성할 뿐이었습니다.

과연! 과연! 그때 그 다음 정거장에서 보낸 급한 통지가 이미 지나온 정거장을 들러서 이 기차에까지 온 것을 받아보니

"이 앞에 있는 큰 철교가 무너졌으니 기차는 오지 말라!"

하는 것이었습니다.

이때까지 궁금해 하면서 마음만 졸이고 있던 모든 사람들이 그 통지를 보고 얼마나 신기해 하고 기뻐했겠습니까.

손님들은 차장에게 절을 하는 사람, 하느님께 감사하다는 기도를 올리는 사람, 서로 껴안고 죽을 운수를 면한 기쁨에 춤추는 사람…… 형형색색으로 기뻐함을 마지않고 차장과 화부는 수백 명의 목숨을 물속에 빠뜨리지 않게 된

기쁨을 참지 못해 앤더슨에게 달려들어 껴안고 잡아 흔들고 어찌할 바를 몰라했습니다.

그러나 그 모든 사람이 기뻐하면 기뻐할수록, 이번 일이 신기하다면 신기할수록 앤더슨만은

'분명히 아버지가 돌아가셔서 그 영혼이 이렇게 자기와 또 수백 명을 살려준 것이다.'

라고 생각하게 되어 가슴이 방망이질을 치고 눈에는 눈물까지 고여서 울음이 터질 듯했습니다.

앤더슨은 기차를 몰고 지나온 정거장으로 다시 돌아가서 다른 차를 바꿔 타고 곧 본 고향으로 돌아왔습니다. 얼른 돌아가서 아버님 장례나 치르려고요…….

정거장에 차가 닿자마자 곤두박질을 쳐서 자기 집으로 뛰어가 아버지의 시체가 누워 있을 방문을 열 때 앤더슨의 눈에는 눈물이 핑하게 솟았습니다.

고개를 숙이고 방문을 고요히 열고 들어가니까 이게 또 웬일입니까……. 꼭 돌아가셨을 아버지가 침상 위에 누운 채 얼굴을 들더니

"오오, 앤더슨아. 네가 어째 벌써 오느냐?"

하십니다. 앤더슨은 꿈 같기도 하고 하도 이상해서

"아버지, 안 돌아가셨습니까?"

하고 달려들어 손목을 잡았습니다.

아버님은 분명히 살아 계셨습니다. 그래서 앤더슨은 기차를 가지고 가던 날부터 비가 온 일과 그림자가 나타났던 일, 그래 기차를 정거시키고 있었더니 앞에 철교가 무너져서 그냥 갔으면 모두 물에 빠져 죽었을 뻔한 일, 꼭 아버지가 돌아가셔서 그 영혼이 그렇게 공중에 나타나서 위험한 것을 일러주신 것인 줄 알았다는 일을 상세히 말했습니다.

그 뒤 일주일이 지난 후였습니다. 꾸물꾸물하던 장마 일기도 아주 깨끗이 개고 아버지의 병환도 많은 차도가 있어서 앤더슨이 오랜만에 상쾌한 마음으로 정거장으로 가니까, 정거장 역장이 앤더슨을 자기 방으로 청해 손목을 잡고 하는 말이

"여보게. 그때 기차 앞 공중에 나타났던 이상한 그림자가 무엇인지 우리는 자세히 알았네……. 자네도 그것이 자네 아버지의 영혼인 줄 알았고 또 누구든지 무슨 귀신이 나타난 것이라고 알고 있지 않았었나……. 그러나 그 후 그 기관차가 몹시 비를 맞고 달린 것이니까 역부들을 시켜서 소

제할 겸 기계 검사를 하게 했더니 기관차 맨 앞에 전등이 있고, 그 앞에 돋보기 유리가 끼어 있지 않은가. 그 유리 속에 손톱만한 딱정벌레가 한 마리 들어가 있더라네. 그래 생각해보니까 그 딱정벌레가 기관차 위엔가 어딘가 있다가 비가 하도 오니까 비를 피해 그 전기 장명등長明燈 유리 틈 속으로 기어들어간 것이네……. 그 놈이 돋보기 유리에 붙어서 발짓을 하니까 전깃불에 크게 비쳐서 마치 사람의 그림자처럼 보였었네그려. 그런데 그것이 허공에 비치는 법은 없는데 그날은 마침 비가 오고 그친 끝에 안개가 자욱하게 내리는 때였으므로 안개 벽이라고 할까 안개 담이라고 할까. 어쨌든 그 안개 장막에 활동사진같이 흐릿하게 비치기 시작한 것이 발짓을 하는 대로 손짓을 하는 것처럼 보였던 것이네그려. 하하, 그게 그럴듯한 일 아닌가."

앤더슨은 그제야 그 괴상한 허깨비의 실상을 알고 깔깔 웃었습니다.

우유배달부

함박 같은 눈이 한없이 쏟아진다. 산 위에도 쏟아지고 길 위에도 들 위에도 쏟아진다. 한 곳도 남기지 않고 한결같이 고르게 소리 없이 내려앉는다. 시작한 지가 오래되었는지 벌써 쌓인 눈이 적지 않다.

날이 밝을 때는 아직도 멀었다. 사람들이 잠자는 사이에 힘껏 쏟아지려는 듯이 끊일 사이 없이 펄펄 쏟아진다. 세상은 죽은 듯이 고요하나 다만 쏟아지는 눈이 홀로 살아 있는 듯하다. 쏟아지는 세력이 점점 더해지는데 넓은 길 위에는 사람은커녕 눈 위로 뛰어다니는 개 한 마리 보이지 않는다.

고학생 오기영鳴基泳은 전날과 같이 우유 가방을 등에 메고 목장의 대문을 나서니 시계 바늘은 이제야 4시 30분을 가리킨다. 쏟아진다. 눈 밑에 우중충하게 서 있는 목장을 등지고 아직도 꿈속에 들어 있는 시중으로 향해 가며 '속히 우유를 배달하고 시간 전에 학교를 가야겠다'고 생각하며 터벅터벅 눈 위로 걸어간다.

비단결같이 곱게 쌓인 눈 위에는 그의 발자국이 그가 가는 곳을 걸음걸음 쫓아간다. 쏟아지는 눈 사이로 길가에 늘어서 있는 상점의 이마에 달린 전등 불빛이 떠는 듯 꿈벅거려 보인다.

쏟아지는 눈이 어느 틈에 그가 쓴 해진 방한모를 하얗게 만들었다. 다 찢어진 검은 양복도 뒤로 반분半分은 흰빛으로 변했다. 그의 몸은 바싹 움츠러졌다.

발은 얼고 또 얼어서 달렸는지 안 달렸는지 모를 지경이다. 한 손으로는 우유 가방 끈을 쥐고 한 손으로는 빨갛게 언 코를 쥐고 가느라고 고로苦勞가 대단하다.

밤에는 목장 한구석에 불도 때지 못하는 방 속의 차디찬 다다미 위에서 벌벌 떨고 새벽에는 4시도 못 되어 일어나서 우유를 배달하느라고 그 이상의 고통을 받는다.

그는 여전히 눈 위로 터벅터벅 걸어가며 '아아, 눈이나 오지를 말았으면 좋겠구먼. 눈까지 나를 괴롭게 하는가. 아아, 세상도 무정도 하다.'
하고 한숨을 길게 쉬더니 다시 힘 있는 어조로

"눈이여. 쏟아져라. 많이많이 쏟아져서 나의 인내심과 분투심을 더욱 두텁게 해라. 쏟아져라! 많이 한없이. 쏟아져서 세상의 무용자_{無用者}를 없애고 간악한 인물을 없애 이 사회를 한결같이 명백케 해라. 그리고 영구히 은세계 광명 세계를 이루게 해라. 아아 쏟아지는 눈이여. 너도 또한 나의 몸을 연마함에 둘도 없는 좋은 친구다. 어서 오너라. 나의 벗이여. 어서 쏟아져라."

하면서 그는 행인 없는 적적한 길로 쏟아지는 눈을 벗삼아 맞아가면서 터벅터벅 걸어간다. 길 위에는 이제야 행인이 한두 사람 생겼다. 오시는 눈을 반기듯이 이리저리 뛰어 다니는 개도 있다. 행인은 점점 많아진다. 간간이

"모주 잡수세요."

하는 느린 소리도 들린다. 한편에서는 가게를 열기에 분망하고 한편에서는 눈이 여전히 쏟아지는데도 쌓인 눈을 쓸기에 분망하다. 철로는 보이지 않는데 전차는 이상한 소리를 내며 와서는 겨우 두 사람을 토하고는 도로 간다.

오가 정한 곳에 우유를 다 배달하니 때는 벌써 일곱 시가 지났다. 목장을 향하고 올 때에 저편에서 망토에 몸을 감고 뚜벅뚜벅 걸어오는 이는 분명히 자기 학교의 교장이다.

오가 '내 모양이 이러니 선생님께서 나를 몰라보실 텐데 예를 할까 그만둘까' 하고 생각할 사이에 겨우 4, 5척을 뜨이고 서로 마주쳤다.

그는 눈이 듬뿍 쌓인 방한모를 벗고 머리를 굽혀 인사했다.

"누구인가."

하는 교장의 묻는 말에

우유배달부

"오기영이올시다."

하고 서슴지 않고 대답했다.

"응, 오기영이야? 나는 아주 몰랐는걸. 그래 어쩐 복장이 이러한가?"

하고 묻는 말에 그의 고개는 자꾸 수그러지며 대답이 나오지 않는다.

"그래, 어디를 다녀오나?"

"우유를 배달하고 옵니다."

그의 목소리가 점점 작아진다.

"날마다?"

"네."

교장은 다시 할 말을 알지 못하는지 한참 묵묵히 섰더니

"어서 가지."

했다.

기영은 다시 고개를 숙여 예하고 목장으로 갔다. 아궁이 앞에서 몸을 녹이고 맛없는 조반을 마치고 금단추 번쩍거리는 정복, 흰 테 두른 모자, 튼튼한 각반으로 몸을 장속裝束, 차림새를 꾸밈하고 학교에 가서 동무들 틈에 섞여서 수업한다.

점심시간에 기영이가 교장실로 불려갔다.

"전날에는 직원 일동이 너를 학력이 우수하고 품행이 방정한 모범적 학생이라고만 생각했더니 오늘 아침에 너의 상세한 일을 알고 깊이깊이 탄복하는 동시에 깊이 동정을 하는 터이다. 오기영? 어떠냐, 나의 집에 와 있으면 응? 무엇? 그렇게 할 말이 아니다. 내가 너 같은 사람을 데리고 함께 있고자 하는 것이다."

그러나 오기영은 단호하게 대답했다.

"대단히 고마운 말씀이외다. 감사합니다. 그러나 저에게는 결코 남의 힘을 빌리지 않겠다는 결심이 있습니다. 그렇게 결심한 후부터는 남의 집에서 먹는 진수성찬이 제가 벌어먹는 찬밥에 식은 된장찌개 한 그릇만 못하니까요."

셈 치르기

일본 어느 깊은 시골에 뒷간이라는 것을 모르고 사는 이가 있었것다. 뒷간이 없을 뿐만 아니라 뒷간이란 말도 모르니까 뒤를 안 보고 사는 것이 아니라 뒤가 마려우면 넓적한 널판때기에 눠가지고 개천에 가서 물에 흘려버리는 풍습인데, 놈들은 그것을 '셈을 치른다' 하고 그 널판때기를 셈 치르는 판板이라고 했것다.

그런데 그렇게 야릇한 시골에 사는 면장 한 분이 서울 구경을 왔다가 길에서 셈 치르기가 급해져서 야단이 났구나. 어찌 급했던지 쌀 듯 쌀 듯하니까 그 길로 뛰어서 길가에 있는 아무 여관으로 들어갔것다. 여관의 계집 하인이 2층 어느 방으로 안내를 했더니 체면 볼 새 없이 하인보다 먼저 뛰어들어가서 모자도 안 벗고 급하게 하는 말이

"내가 급히 청할 것이 있는데…… 아주 급하오."

"네……. 무엇입니까?"

"다른 것이 아니라 셈을 치러야겠소."

계집 하인은 그가 뒤가 급해서 그러는 줄은 모르고 여관의 밥값 셈을 치르겠다는 줄만 알고

"여보세요, 셈은 가실 때 치르십시오."

"허허, 큰일나라구. 여러 날 묵고 갈 터인데 그때까지 셈을 참고 있으란 말인가? 한길에서부터 셈이 어찌 급한지 곤두박질 쳐서 뛰어왔는데 갈 때까지 참으라면 어쩌란 말이오. 그러지 말고 지금 좀 치르게 해주구려."

"누구시든지, 며칠을 묵고 가시든지 가실 때 치르는 법입니다. 가실 때 치르고 가십시오."

"허허, 그래도 남의 사정을 모르고 그러네. 당장에 셈이 급해서 뛰어온 사람보고 갈 때까지 참으라는 법이 어디 있어! 에구머니, 이것 급해 죽겠는데 그러지 말고 얼른 내려가서 가지고 와요."

셈 치르기

똥을 쌀 듯 쌀 듯하니까 허리를 엉거주춤하고 쩔쩔매면서 소리를 질렀것다. 그런데 그것이 널판때기를 가져오라는 것인 줄은 모르고 셈 치르게 계산서 가져오라는 말인 줄 알고 하인은 아래층 주인의 방으로 내려갔다가 다시 빈손으로 올라왔거니…….

면장 영감은 그동안이 급해서 점잖지 못하게 두 손으로 궁둥이를 받치고 방 안에서 깡충깡충 뛰고 있다가 하인의 얼굴을 보고 어찌나 반갑던지 한숨에 뛰어 달려들면서

"진작 가져오지 않고……. 하마터면 큰일 날 뻔했는데……. 어서 이리 줘요."

"안 가져왔습니다. 내려가서 주인보고, 주인 말씀도 그래요. 셈을 지금 치르겠다고 하시지만 얼마나 되는지 알아야 치르지 않습니까라구요."

"아따, 얼마가 되는지는 치러놓고 봐야 알지 얼마나 될 것을 미리 알아서 무슨 소용이야. 사람 죽이지 말고 얼른 치르게 해줘요."

"글쎄 미리 어떻게 치릅니까?"

"이건 정말 나를 죽이려고 그러나. 얼마 되는지는 치러놓거든 보면 알지……. 대체 이 집에 셈 치르는 곳이 어디야.

내가 내려가서 치를 터이니."

"셈 치르는 곳은 바로 2층 층층대 밑에 대문 옆에 있는 방입니다."

하고 밑층에 주인이 앉아 있는 방을 가르쳐주었다. 그러니까 면장 영감은 내려가는 길로 한바탕 시원스럽게 쏟아놓을 요량으로 살아난 듯이 뛰어 내려갔것다.

내려가서 보니까 주방에 주인이 앉아 있는 고로 그 사람이 먼저 셈을 치르노라고 뒤를 보고 앉아 있는 줄로 알고

"하하! 큰일났군. 여보, 얼른 치르고 나오시오. 나는 아까부터 참고 있었소이다."

"왜 그러십니까? 왜 나오라고 하십니까?"

"왜가 뭐요. 남도 급한데 당신 혼자서 앉았으려오?"

"뭘 치르신단 말씀인가요?"

"이 양반이 누구를 죽이려고 이러오. 얼른 치르고 나와요. 나도 셈 좀 치르게."

"오오, 셈을 치르시려구요? 아까 하인에게도 말씀했지만 셈은 가실 때 치르시는 겁니다."

"또 그러는군. 대체 당신은 뭘 하고 있소?"

"나는 주인이니까 이렇게 온종일 셈을 치르고 앉았습니다."

그 말을 듣고 눈이 휘둥그레져서

"에그머니, 당신은 무엇을 먹고살기에 그렇게 셈을 오래 치르고 앉았단 말이오. 웬만큼 치렀거든 나 좀 치릅시다. 정말 죽겠소."

"안 됩니다. 나는 여기 꼭 앉아야 셈을 치르니까요."

"하하, 큰일났군. 그럼 셈 치르는 판이나 빌려주구려."

뒤 볼 널판때기를 달라고 하는 말인데 주인은 셈 치르는 판이라니까 수판(數板) 달라는 줄 알고 수판을 집어주었습니다.

"아니, 이걸로 셈을 치른단 말이요? 이건 작아서 어린애 셈이나 치르지 어른 셈이야 치를 수 있소."

"아니, 천만에요. 어린애뿐만 아니라 어른도 그걸로 셈을 치릅니다."

"아니, 안 되오. 다른 사람들은 적은 셈이니까 이것으로도 치르는지 모르지만 나는 치르지 못하겠소. 셈이 넘쳐흐르면 어떻게 하겠소. 더 큰 것을 주시오."

주인은 셈이 넘친다니까 계산이 많아서 수판알이 부족하다는 줄 알고 얼마나 많은 돈을 계산하려고 그러는가 하고 큰 수판을 주었것다.

"하하. 이것은 넉넉히 치르겠소이다. 그러나 여보, 어디서 치르리까?"

"아무 데서나 영감 생각에 좋은 데서 치르십시오그려. 거기서 그냥 치르셔도 좋습니다."

"여기서? 남이 보는 데서 치르다니요. 더군다나 저기서 저렇게 여러 사람들이 밥을 먹고 있는데 여기서 어떻게 셈을 치르겠소. 좀 조용한 데서 넌지시 치러야지요."

"딴은 그렇겠습지요. 여러 사람이 있는 데서는 정신이 헷갈려서 셈을 잘못 치르기도 쉬운 것입니다. 아까 그 2층 방에 가셔서 치르시지요."

"그럼 내가 치러가지고 오리다."
하고 힘차게 뛰어올라갔것다.

한참 만에 영감이 수판 바닥에 치러놓은 셈 위에 종이를 덮어서 귀중스럽게 받쳐들고 내려와서는

"에에, 간신히 시원스럽게 치러가지고 왔습니다. 좀 개천에다 버려주시오."
하고 내놓는데 보니까 구린내가 코를 찌르는지라

"셈을 치른다더니, 이게 무슨 짓입니까. 별 짓도 다 하십니다."

"셈을 치렀지. 내가 별 짓을 했소?"

 셈 치르기

하고 발끝으로 수판을 탁 치니까 거꾸로 놓인 수판이라 두 르르르 굴러가니까 면장 영감 고개를 기우뚱하고

"하하, 서울이라 다르군. 셈 치르는 판에도 바퀴를 달아 서 저절로 굴러가는구면."

하더란다.

은파리

〈은파리〉는 방정환 선생이 '목성牧星' 또는 '북극성北極星'이라는 필명으로 오랫동안 《개벽》, 《별건곤》, 《신여성》에 연재했던 글이다. 처음에는 1921년부터 《개벽》지에 연재를 했는데, 《개벽》이 압수, 판매금지를 반복하다가 폐간되는 바람에 개벽사가 발행하던 여성잡지 《신여성》에 연재를 계속했고, 《개벽》의 뒤를 이어 창간한 《별건곤》에도 연재를 계속했다. 이처럼 잡지를 바꿔가며 〈은파리〉를 연재한 것은 워낙 이 작품의 인기가 높았던 까닭이다.

〈은파리〉는 횟수는 정확하게 추정할 수 없지만, 여러 가

은파리

지 사정으로 원고가 집필된 후에도 싣지 못한 경우가 많았다. 그래서 〈은파리〉를 읽다 보면 다음 몇 월 호에 무슨 이야기를 하겠다고 약속하고 글이 끝났는데, 그 다음에 그 글이 없는 경우가 종종 있다. 〈은파리〉가 게재 중지될 때마다 독자들의 성화는 대단했다. 원고가 검열에 걸려 싣지 못한 달에는 편집자 글 등을 통해 "독자에게 미안하다"는 사과를 꼭꼭 싣곤 한 것도 그 까닭이다. 그래서 〈은파리〉는 완전한 작품이기보다는 여기저기 검열, 압수 등의 상처가 남아 있는 작품이기도 하다.

어린이 운동을 하며 어린이를 위한 아름답고 슬픈 동화들을 남긴 방정환 선생이 이처럼 풍자적이고 통렬한 사회 비평적인 글을 쓰셨다는 것은 의외의 일이다. 일제가 왜 소년 운동가이자 아동문학가인 방정환 선생을 불령선인不逞鮮人으로 지목하고 끊임없이 미행, 감시, 투옥, 구금했는지 이 작품이 단서를 주기도 한다. 〈은파리〉는 아동문학가 방정환보다는 저널리스트 방정환의 면목이 더욱 분명해지는 작품이다.

이와 같은 작품이 아직 공개되지 않고 묻혀 있다는 것은 얼마나 놀라운 일인가. 방정환 선생이 그 당시 사회 현실에 눈을 감고, 그냥 천사 같은 동심주의 아동문학에만 빠져 있다고 비판하는 평론가도 있었지만……. 그래서 더욱 이 〈은파리〉는 방정환 문학과 방정환 사상을 재발견할 수 있는 소중한 근거이다.

〈은파리〉는 연재할 당시에는 '사회 풍자' 또는 '은파리 미행기' 등의 부제가 붙어 있었다. 글의 형식이, '은銀파리' 라는 의인화된 주인공을 통해서 사회 이곳저곳의 인간 군상을 풍자, 비판하는 픽션 형식으로 되어 있어서 '사회 풍자소설' 이라고 하는 게 맞겠지만, 파리를 의인화하고 파리를 통해서 스토리를 이어갔다는 점에서는 풍자적 동화라고 자리매김할 수도 있을 것 같다. 20편 가까운 글 중에서 다섯 편을 골라서 소개한다.

거짓말쟁이 인간들

은파리 1

뜻밖의 일 1921년 2월 16일 일본 도쿄에서 양근환 의사가 한일합방을 찬성한 매국노 민원식을 살해한 사건이 일어난다. 도쿄 유학생 신분인 방정환은 이 사건 관련 혐의로 종로 경찰서에 구속된다 로 수십 일이나 철창 속에 지내다가 나와서 몸도 피곤하지만 제일 누구의 집에 찾아갈 겨를이 없다. 하는 수 없으니 이번에는 급한 대로, 생각나는 대로 몇 마디 적어서 편집부에 대한 말 막음이나 하련다.

자아 **불령** 不逞, 불만이나 불평을 품다. 일제는 민족지사들을 모두 불령선인이라고 불렀다 파리의 입으로 무슨 험담이 나오는가?

사람이란 거짓말 잘하는 짐승이다. 그러므로 늘 속이기

도 잘 하거니와 또 속기도 잘한다. 인간 세계에서 권세 있는 놈, 영악한 놈이라고 하거든 가장 거짓말 잘하는 놈이라고 생각해두면 그리 과한 것도 아니다. 거짓말하지 않고는 돈도 못 모으고 세력도 안 잡히니까.

놈들은 서로 만나기만 하면 속이기 시작한다. 그리고 헤어져서는 서로 속은 줄은 모르고 제각기 속였다고 기뻐한다. 놈들이 말하는 소위 사교가—그놈은 인간 중에서도 제일 거짓말 잘하는 놈이다. 아무리 해도 괜찮다. 그저 닥치는 대로 속여라. 그러면 싫어도 그놈은 사교가가 된다. 재산가가 된다. 아무리 생각해도 뱃속을 알 수 없는 놈들이다.

놈들은 자칭 만물 중에서 최영最靈하다고 배를 퉁긴다. 그렇지만 그 말을 믿다가는 낭패를 본다. 만물 중에서 가장 어리석은 동물은 그놈들이다. 놈들은 가장 영리한 체하고 다 같이 잘살기 위해서 사회라는 것을 만들어놓았다. 그러나 손수 만들어 놓은 그 사회란 것이 어떻게 잘못 만들어져서 자기네의 생명을 박해하건만 놈들은 그것을 한 번 더 고쳐 만들 줄을 모른다.

놈들은 영리한 체하고 공연한 법칙을 많이 만들었다. 그것이 오랜 세월을 지나는 동안 어느 틈에 습관, 인습이 되어서 지금은 도리어 그것에 자기 몸이 속박되어 마음대로 헤어나지를 못하고 울고 있다. 만물 중에서 가장 어리석은 동물이란 놈들이다. 놈들이 최영하다는 것은 역시 거짓말 잘하는 점밖에 보이지 않는다.

어디까지든 거짓말로만 버텨나가려는 게 아마 놈들의 본성인가 보다. 남을 속이고 죄를 짓고, 또 그 죄를 덮으려고 죄를 거듭 짓고 불행히 감옥에 들어가면 거기서 다른 여러 죄인과 만나고 들키지 않게 잘 속일 일을 연구한다.

참말이다. 감옥은 죄인을 징벌하는 곳이 아니라 실상 악도惡徒의 연구소이다. 도둑질 배우는 대학이다!

누구나 죽을 때는 그 말이 선하다고! 놈들은 걸핏하면 이런 말을 하지만 그것도 거짓말이다. 힘대로 마음대로 악한 짓을 하고 나서 그 악행이 폭로될까 겁나서 자살하는 자, 어디 그런 거짓말, 속임으로만 빠져나가려는 자가 하나나 둘뿐이냐?

거짓말로 모은 재산을, 또 자기의 죄적罪跡을 감추기에 쓰는 것이 재산가가 으레 하는 짓이다. 그런가 하면 가난한 자도 그렇지……. 집에서는 아궁이에 불을 못 때고, 배를 굶

주리면서도 길에 나서면 중산모_{예식용으로 서양 사람들이 많이 쓰는 모}_자에 윤이 흐르는 두루마기를 입고 키드 구두_{산양 가죽으로 만든} _{고급 구두}를 반짝이지, 교제니 뭐니 하고 때때로 인력거를 타지…….

그러니까 너무도 야속하다고 아내가 바가지를 긁을 대로 긁겠다. 그런가 하고 보면 바가지 긁던 그도 어디 나들이를 가려면 자기가 가난한 줄을 친정이 다 알건만 동리 집 비단옷을 얻어 입고 가느니……. 더구나 맞지도 않는 반지를 억지로 빌려다가 헝겊을 감아 끼고 나서는 것은 무슨 심정인지 모를 일이다. 이런 이야기를 하면 놈들은 남의 일같이 웃겠다.

시치미를 떼고 웃고 있는 그놈의 점잖은 꼴은 어떠냐. 중산모에 안경을 쓰고 코밑 수염에 위엄을 떨면서 이름이 교육가였다. 아무리 도판_{塗板, 칠판} 밑 교단 위에서 수신제가_{修身} _{齊家}를 외고 있어도 때때로 노상에서 술 취한 얼굴로 학생의 경례를 받는 자기 자신의 행동이 변하기 전에는 아무 효과가 없을 줄을 알아야 한다. 조금이나 약은 사람 같으면 자기에게 수신 강의를 받는 생도들이 자기의 치신_{置身}을 어떻게 비평하는가를 더러는 알 것이다.

이런 일이 있었다. 경성 어느 여학교 2학년에 다니는 열 살 먹은 소녀인데, 여름방학 때 유행병이 심하니 과일을 먹지 말라는 교사의 주의를 들었을 뿐만 아니라 학교에서 인쇄해준 주의서까지 손에 들고 기탄없이 풋과일을 먹는 고로 그 삼촌이 말리니까 서슴지 않고 하는 소리가

"뭘 과일 먹으면 병 앓는다고 그러지. 요전번에도 선생님들은 사무실에서 참외에 사과에 한 목판을 사다 잡숫던 데……."

어떤가. 입술 끝만의 강의, 교훈이 얼마나 큰 효과가 있는가. 그래도 수염을 만지며 교육자라 부르지.

자선가라는 놈들 중에도 흉한 놈이 또 있겠다. 그런 놈은 얼굴 뻔하고 신수 멀쩡한 도둑이겠다. 자선합네 하고 백 원쯤 내고 사실은 그 백 원 자선으로 그보다 몇 십 몇 백의 명예를 욕심내는 놈, 고아를 구제합네 하고 사실은 고아를 모아 직공으로 사용하면 그 수입이 막대하리라는 주판질로 고아 구제를 떠드는 놈, 어떻게 우기면 그것도 구제가 아닌 것은 아니지만 그 심정이 도둑이 아니고 무엇이냐. 사람이란 이렇게 최고 영리한 동물이다.

그러고도 오히려 회개하는 마음도 없이 거짓으로 뻗으려

고, 끝끝내 속이려고 흉계를 생각하는 중이 아니냐. 아직까지 발견되지 않은 것만 다행으로 알고 있지 않느냐. 그래도 여전히 수백의 신자에게 설교를 하지 않느냐.

결국 사람은 거짓말 잘하는 동물이다. 속이기 잘하고 속기 잘하는 것이 사람인 것이다. 세상 만물 중에 가장 어리석은 것이 사람이란 것이다. 만일 거짓말로만 행세할 세상이면, 속이는 것만이 정의라는 세상 같으면 사람이란 짐승이 가장 영리할 것이다.

아무래도 상관없다. 무엇이든지 거꾸로 된 세상이 있다. 거기는 사람이란 짐승이 사는 곳으로 알아두면 틀림없다. 부지런히 일하는 놈은 가난해지고 박해를 당하고 편히 노는 놈은 점점 금고가 커지는 게 사람의 세상이다.

놈들이 사회, 사회 하지만 원래 사회를 만든 그 원료의 절반인 여자를 거저 부리고 거저 가두고 거저 박대하는 게 사람이란 놈들의 세상이다.

아무렇게나 덮어놓고 거짓말 잘하는 놈은 성공하고 참말만 하면 거짓말 할 줄 모르는 바보라고 자꾸 밀려서 살 수 없이 되는 게 사람의 세상이다. 아무렇게나 거짓말 많이 해서 돈을 모은 놈들이 제 마음대로 휘젓고 함부로 사람을 부려먹고 저희끼리만 태평가를 부르는 게 놈들의 세상이다.

착한 사람들이 부지런히 노동해서 모은 돈을 거짓말로 속여서 빼앗은 것이 재산이다. 유산자有産者가 무산자無産者의 힘을 빌리고 그에 상당한 보수를 주게 되기까지는 그 말이 옳은 말이다. 그렇지만 그 옳은 말을 하는 놈은 곧 잡아다 가둔다. 이게 사람의 세상이다.

저기 큰 광산이 있다. 광부들이 새벽부터 밤까지 산굴 속으로 불을 켜 들고 들어가서 또 위로 향한 굴로 사다리를 밟으며 올라간다. 불만 꺼지면 지옥보다도 암흑이다. 앞을 더듬다가 몇 백 길 되는 굴 밑에 떨어진다. 영영 시체도 찾지 못한다. 그 아내는 남편이 돌아오지 않으면 죽은 줄 알고 곧 개가한다. 이런 일이 드물지 않다. 얼마나 참혹한 일이냐.

광부는 늘 자기 목숨이 없는 셈치고 일한다. 그러나 그렇게 생명을 잃은 셈치고 버는 돈이 어디로 가느냐. 올바른 놈은 마를 뿐이고 첩 끼고 누워 있는 놈이 배가 불러간다.

군대가 전장에 나간다. 총창銃槍에 찔려서 자꾸 죽고 그래도 피를 흘리며 고투해서 승전했다. 그곳을 점령했다. 본국

영토가 되었다. 그러나 새로 얻은 그 땅에 회사를 세우고 땅을 사서 자빠졌던 부자는 편안히 재산만 늘고 그 전쟁에 자식 잃은 노모, 남편 잃은 과부, 또 다행히 죽지는 않고 돌아온 자는 폐병廢兵으로 남아 길거리에서 구걸하되 그의 피 흘린 공으로 거부가 된 놈은 아는 체도 않는다. 도리어 박해한다.

이래도 가만히들 있는 게 사람이다. 만물 중에 우물愚物은 사람이다. 사람은 가장 어리석은 동물이다.

눈물도 가짜

은파리 2

아무리 거짓말로만 살아간다고 해도 설움만은 거짓으로 못하는 것이다. 눈물만은 거짓으로 흘리지 못하는 것이다. 그러나 사람이란 놈들은 그것까지도 훌륭하게 거짓으로 꾸민다.

어느 집 노인이 돌아가셨다. 그 아들과 며느리들이 주야로 곡을 한다. 그 중에 제일 서럽게 우는 이는 반드시 소박맞은 부인 아니면 큰동서에게 구박받아온 작은동서이다. 뭘, 노인의 죽음이 서리워서만 우는 것이 아니다.

그래도 그것은 덜하지. 조문객이 오거나 저녁때가 되면 곡조를 맞춰서 어이, 어이 울겠다.

그 중에도 우스운 꼴은 상가喪家다. 바쁘기는 하니까 여인네는 일을 하면서 우니, 일하랴 솥에 불 지피랴. 아이고, 아이고, 애야 상 좀 얼른 보아라. 아이고, 아이고.

이게 무슨 추태냐. 진정으로 그의 죽음을 슬퍼하는 사람은 아무래도 그런 소리가 나올 것 같지 않다. 허위 허례로만 몇 십 몇 백 년을 살고, 또 그 허위 속에서 생장生長한 그는 역시 그렇게 우는 것까지도 거짓으로 하지 않고는 못 배기는 모양이다. 동리 애어머니들은 모여 앉아서

"에구, 점례네 어머니는 목청 좋게 잘도 웁디다."

하는 것을 보면 아마도 그 사람들은 울음에도 조調가 있고 잘잘못이 있는가보다.

정말 이렇게 거짓말로만 되어갈 세상이면 음악 연주회마다 울음 명수가 출연하여 만장滿場의 큰 박수를 받을 날도 가까이 올 것 같다.

부모의 상사喪事를 당해서 진정으로 뼈에 사무치게 서럽고 애처로우면 상중에도 거죽만 발라 꾸미는 헛울음, 헛된 예만 찾지 않는 진정한 효자라면 그 얼마나 비애롭고도 일체 예식이 장엄하랴마는, 출가해 온 지 며칠이 못 되어 부끄럼만 타는 새색시가 울음은 안 나오고 눈물은 안 나오고

남 보기가 부끄러워서 침을 찍어다 눈가에 바른다는 요절
腰折할 추태를 보면 그 사람들이 얼마나 허위 허례로만 속여
가는 줄을 알 것이다.

그래도 놈들은 그런 짓을 하면서도 그것이 예절이라고
시치미를 떼고 앉아서, 진정으로 설움을 이기지 못해서 흐
느껴 우는 줄만 아는 사람을 상놈이라고 했다.

날 때부터 죽을 때까지 속이고 속고 그렇게만 사는 그것
들이 속이다 속이다 못해서 죽어 돌아가는 사람까지 속이
려는 것은 너무도 심하지 않으냐.

놈들에게는 그 외에도 또 한 가지 울음과 눈물이 있다.
그것은 자칫하면 찔끔찔끔 나는 눈물이다. 흐르기도 가장
용이하게 흐르고 마르기도 가장 용이하게 말라버린다. 즉
말하자면 다정하고 마음이 어질고 착하다는 호평을 얻기
위해서 울고, 남에게 가련하다는 소리를 듣기 위해서 울고,
동정의 눈물을 구하기 위해서 울고, 인비목석人非木石, 사람이 아
니라 목석이다이란 치욕을 피하기 위해서 우는 눈물이다. 사교
가의 눈물, 치부가의 눈물, 위선자의 눈물, 칼날 같은 눈물,
폭탄 같은 눈물, 가장 가증스러운 눈물…… 참으로 사람이
란 동물에게만 있는 특유의 눈물이다.

그 꼴에 놈들은 자칭 왈 정적情的 동물이라고 한다. 감정적 동물이라고 한다. 딴에는 눈물을 찔끔찔끔 흘리니까 정적 동물이기도 하다.

아, 참! 놈들이 거짓 없이 참으로 서러운 눈물을 흘리고 우는 때가 꼭 하나 있다. 남녀가 없이 활동사진이나 연극을 보고는 잘들 운다. 정든 남녀가 이별하는 것을 보고는 운다. 어린애가 부모를 잃고 고생하는 것을 보고는 운다. 가난하고 약한 자가 강하고 부자인 자에게 박해를 받는 것을 보고는 운다. 그것이 뻔히 그 자리의 실제 사실이 아닌 줄 알면서도 그래도 운다. 부인네는 수건이 젖도록 운다. 눈이 붓도록 운다. 양반 행세하느라고 극장에 안 가는 귀부인은 소설책을 읽고 운다.

이 눈물만은 속임이 없는, 진정으로 동정하는 눈물일 것이다. 확실히 분명히 그럴 것이다. 그러나 그것까지도 거짓 눈물일 줄이야 너무도 놀랍지 않으냐.

놈들이 극이나 활동사진, 소설 주인공의 비경悲境에 흘리는 눈물이 과연 진정한 눈물이라고 한다면, 자기 이웃집의 구차한 살림을 보고 왜 동정을 못하느냐. 다 같은 사람으로 태어나서 아무 이유 없이, 아무 조건 없이 다만 가난한 부모를 가졌다는 탓으로 박해와 모욕 속에서만 성장해서 어릴 적부터 우마(牛馬)같이 부림을 받아 살과 기름을 나날이 빼앗기고, 그 소득까지 약탈을 당하고 추위와 주림에 떠는 참극을 보고도 왜 동정을 하지 않느냐. 살아 있는 참극을 보고도 왜 울지를 않느냐. 활동사진에서 고아를 보고 우는 자가 길거리에서 헤매는 동포의 고아를 보고 왜 울지 않느냐.

결국, 사람이란 알 수 없는 동물이다. 자칭 정적 동물이다. 그런 별난 정적 동물이 또 어디 있겠느냐.

불쌍한 인생 중에서도 가장 불쌍한 맹인을 혹시 만나면 얼굴을 찡그리면서 '재수 없다'고 했겠다. 앞을 못 보고 밝은 빛을 보지 못하고, 살아 있는 부모를 알지 못하고 사랑하는 처자의 낯을 보지 못하는 가련한 그가 길거리에서도 빠른 걸음을 안심하고 내딛지 못하거든 동정은 하지 못하나마 제가 재수 없을 것이 무엇이냐. 이것이 정적 동물이 으레 하는 짓이다. 그 맹인도 무대 위에 올려놓으면 놈들은 수건이 젖도록 울 것이다.

돈 많은 놈이 죽어 나가면 먼 동리 부인, 노인, 신사라는 회사원까지 뛰어나와 그 장의 행렬을 구경하되 가난한 사람이 죽어 상여에 담겨 나가면 길에서 혹시 만나서라도 부정不貞한 것을 보았다고 발을 세 번 구르고 침을 세 번 뱉었겠다. 하나는 거짓말을 잘해서 돈을 많이 모은 탓이다. 죽어서 행인의 침 받기 싫어서도 살아 있는 동안에 실컷 속여서 돈을 모아야 하게 놈들의 세상은 만들어진 모양이다. 똑같은 시체가 아니냐. 먼데까지 쫓아와 보는 구경거리가 돈이 없어 치장을 못했다고 부정거리가 될 것이야 뭐 있느냐.

그는 거짓말이라도 해서 돈 모을 줄은 모르고 다만 너희 먹을 것을 만들기 위해 전답만 팠다. 너희가 따뜻이 잘 집을 짓느라고 땅만 다졌다. 너희가 병만 나면 입원하기 위해 병원만 지었다. 너희의 생활을 편리하게 하기 위해 높다란 전선주 끝에 전선만 맸다. 최후의 시각까지 너희를 위해서 일하다가 부상당해 죽었다. 그 공로에 대한 보수가 침뿐이냐. 부정뿐이냐.

아아, 뻔뻔한 놈은 사람들이다. 놈들은 그래도 자신이 조금만 불편하면 정의니 인도니 하고들 떠든다.

세상은 넓은 것이라 별별 괴물이 다 많다. 그 중에도 우스운 괴물은 몸뚱이에서 제각각 떨어져서 따로따로 노는 사지四肢이다. 사람의 세상에는 그런 것들이 의기양양하게 활보하는 괴물이 많다. 몸체를 떨어져 나온 사지, 그런 의미 없고 가치 없고 생명 없는 조각들이 제법 활보를 하니 괴상치 않으냐.

놈들은 누구나 다 자기 자신의 입지를 튼튼히 하려고는 하지 않고 덮어놓고 남의 머리 위에만 올라서려고 기를 쓴다. 밑에 놈이 싫어서 고개를 빼는 때 자신이 도로 땅에 떨어질 줄은 생각도 않고 그저 어찌되든지 남의 머리 위에 올라서려고만 한다. 그러는 동안에 피차 없이 머리만 터지는 줄을 놈들은 모른다. 그저 남의 머리 위에만 서라. 그것이 놈들의 표준이고 목적이다.

어떤 회, 어떤 단체, 그 전체가 서기도 전에 우선 놈들은 모이면 올라서기 싸움을 시작한다. 간신히 한 놈이 올라서면 딴 놈이 또 덤비고, 그놈이 올라서면 떨어진 놈이 하다 못해 따로 나선다. 이래서 두 패가 맞선다. 거기서 또 올라서기 싸움을 한다. 또 난리를 치른다. 둘이 넷이 되고 넷이 여덟이 되고, 여덟이 열여섯이 된다. 어느 틈에 최초의 입회入會의 본의는 저 밖으로 달아나고 지금쯤은 다만 올라서기 위해서만 노력한다. 이래서 자유로 행보하고 자유로 활동하는 한 사람이 되려면 최초의 목적 본의는 사라지고 저마다 놀기 위해서 몸체를 떠나 사지가 제각기 활보하며 괴상한 무도舞踏를 한다. 남북도 이래서 갈리고 회파會派도 이래서 난리를 치른다.

가련하고 가장 어리석은 자여. 무엇 때문에 올라만 서려는가. 한 번 가본 길을 또 밟아가려는 불쌍한 자여!

"조선이라는 한 가정을 위해서는 너희 일신이 중하지 않아도 너희 일신의 생존을 위해서는 그 가정이 가장 중요하다."

가장 어리석은 자여. 이 수수께끼를 잘 풀 수가 있느냐.

지난번에는 쉬고 이번에도 급해서 누구를 찾아갈 겨를도 없이 횡설수설했으니 스스로도 안되었다. 다음 번에는 기필코 어느 명사의 집에를 갈란다.

자아, 불령한 파리가 어디 누구에게 가서 어쩌려고 하는가. 기다려라. 파리의 전성기는 왔도다. 푸른 수레를 몰아 타고 가마!

눈물도 가짜

웃기는 훼당 대감

은파리 3

제법 봄날이다.

저녁 후에 산보하는 셈치고 천천히 놀러 나서니 어두워 가는 서울 장안의 길거리 길거리에는 사람들의 왕래가 자못 복잡스럽다.

속이기 잘해야 잘살고 거짓말을 잘해야 출세를 하는 놈들의 세상에서 어디서 얼마나 마음에 없는 거짓말을 잘 발라 마쳤던지, 돈푼깨나 감추어둔 덕택에 저녁밥 한 그릇 일찍이 먹고 나선 놈들은 '내가 거짓말 선수다' 하고 점잔을 뽐내면서 걸어가는 곳이 있다. 물어볼 것도 없이 감추어둔 계집의 집 아니면 술집일 것이요, 허술한 허리를 부지런히 구부리고 북촌北村으로, 북촌으로 곱이 끼어 올라가는 놈들은 어쩌다가 거짓말 솜씨를 남만큼 못 배워서 착하게 낳아 놓은 부모만 원망하면서 도시락 끼고 밥 얻으러 다니는 패들이니 묻지 않아도 저녁밥 먹으려고 집으로 기어드는 것이다.

그 중에도 그 오고 가는 복잡한 틈에 간간이 이름 높은 유명한 선수들이 지나갈 때마다 모든 사람들이 넋을 놓고 부럽게 바라보고 우러러보곤 하는 것은 그가 '치마'라고 하는 굉장한 옷을 입고 마음에 없는 웃음을 잘 웃는 재주 덕으로 누구보다도 훌륭한 팔자를 누리게 된, 사람 놈들의 세상치고는 가장 유명한 선수인 까닭이다.

그렇게 유명한 선수가 팔다가 남은 고기를 털외투에 싸 가지고 송곳 같은 구두를 신고 기우뚱기우뚱 지나가시는 그 옆에서는 이틀을 팔고도 못다 팔고 남은 썩은 비웃청어을 어떻게든지 아무에게나 속여 넘기려고

"비웃이 싸구려. 비웃이 싸요. 갓 잡은 비웃이 싸구려."

하고 눈이 벌개가지고 외치고 있다. 냄새는 날망정 바로 펄펄 뛰는 비웃이라고 악을 쓰고 떠드는 꼴이야 제법 장래 유망한 성공가가 될 자격이 있다고 할 것이다.

웃기는 훼당 대감

대체 사람 놈들의 세상처럼 거꾸로만 된 놈의 세상 어디 또 있으랴. 바른 말만 해보겠다는 내가 도리어 어리석은 짓인지…….

아차차, 여기가 어디냐.

하하, 이것이 서울 한복판에 새로 뚫렸다는 신작로로구나. 신작로는 으레 이렇게 쓸쓸한 법인가? 하하! 이것이 말썽 많은 축동, 그러나 지금은 조선 제일의 의문부호 문대감 댁이 되었다지……. 원래 문씨의 집이었던 것이 같은 문씨 집이 되었구면. 사람만 바뀌었을 뿐이지! 이크!

저 큰 대문에서 인력거가 나온다. 앞에서 한 놈이 끄는 것은 보통이지만 또 한 놈이 뒤를 밀고 오는 것은 특별이다. 대체 누가 탔는가 하고 골목 옆에서 기다리고 있다가 후루룩 날아서 인력거 우비 창살에 앉아 보니까 이크 바로 훼당毁堂 대감 문대감이시다.

이 거룩하신 성공가, 이 위대하신 당대 제일의 선수이신 문대감께서 어찌하여 자동차를 타지 않으시고 76이 되신 귀한 몸을 홀홀한 인력거 위에 흔들리시면서 어디로 행차하시는가 싶어서 나는 오늘 저녁 내내 이 거룩한 행차의 뒤

를 따르기로 했다.

쳇골_{지금의 태평로 1가 부근. 체를 만드는 집들이 많이 있어서 붙인 지명} 골짜기 **당현**_{지금의 태평로에서 남대문 시장 쪽 고개} 밑 첩의 아들일망정 애지중지 길러놓으신 아드님 재식이네 집에 가시는가……. 어떻든지 그 두 집 중에 한 집이겠지 했더니, 웬걸! 이 하얀 노대감이 인력거를 내리신 곳은 쳇골도 아니요 교동도 아니요, 축동과는 바로 아래윗집같이 가까운 ○○동의 그리 크지 않은 기와집이다.

야야, 이거야말로 대감의 비밀 출입인가보다! 하고 눈치챈 나는 후루룩 날아올라 대감의 그 부드러운 외투 위에 옮겨 앉았다.

중문에서부터 행랑 사람들이 두 손을 마주잡고 허리를 굽히고 안에서 침모 식모 같은 계집들이 후다닥! 그러나 몹시 얌전히 나와 양수거지_{두 손을 마주 잡고 공손히 서 있는 것}를 하고 섰다. 조그만 집안에서일망정 대감의 위엄이 어찌 대단한지 그의 어깨 위에 앉은 나까지 어깨가 으쓱해서 '에헴!' 하고 나 혼자 큰기침을 해보았다.

대감이 마루 끝에 올라섰을 때, 안방 방문이 부스스 열리면서 툭 튀어나와 생긋 웃는 어린 여자 한 사람! 대감도 히

히히 체신 없이 웃는다.

얼른 보아도 그 어린 여자가 이 집의 주인 같은데, 그가 누구일꼬. 잘 되어봐야 간신히 20살밖에 못 되었을 어린 여자가 80 가까운 뼉다귀를 보고 생끗 웃는 맵시를 보면 그 역시 장래 유망한 어린 선수인 것은 사실이다. 그러나 눈뜬 사람의 것을 마음대로 휘두르다가 제 것으로 삼고, 그리고 그걸로 온갖 영화를 누리고 있는 이 훼당 대감 앞에야 태산 앞에 한 좁쌀알에 지나지 않을 것이었다.

그러면 대체 이 어여쁜 어린 여자가 대감의 무엇일꼬……. 손녀? 증손녀? 그렇다. 근 80에 20이면 넉넉히 증손녀는 될 것이었다.

그러나 웬일인지 그의 입으로 할아버지라는 소리는 나오지 않는다. 그 고운 손으로 대감의 외투를 곱게 벗겨서는 벽에 걸어놓고, 대감 아니 증조 할아버지뻘 대감의 무릎 옆에 엉거주춤 앉으면서

"아이고, 저는 오늘은 집에 오셔서 저녁 진지를 잡수실 줄 알았어요."

하고 어리광을 부리면서 아이고 망측해라, 자기 뺨을 증조 할아버지의 핏기 없는 뺨에다가 갖다 댄다.

"히히, 꽤 기다리고 있었구나."

하고 말소리를 흘리면서 떨리는 듯한 한 손을 가져다가 증손일 듯한 그 어린 여자의 턱을 쥐어 자기 턱밑에 가져다가 입맞출 듯이 흔들면서 어루만지신다.

이 체신 없는 망측스러운 꼴! 그까짓 것은 말 말기로 하고, 대체 그 여자의 둥그스레하고 걀쭉해 보이는 귀여운 얼굴이 차차 볼수록 어디서인지 전에도 본 얼굴 같다.

저 시시대고 해죽거리는 얄밉게 귀여운 얼굴! 근 80의 해골을 얼싸안고 녹여 죽일 듯이 대담스럽게 아양을 떠는 맵시, 옳지, 옳지. 나는 그것이 누구라고……. 하하! 조 계집애가 어느 틈에 근 80 해골의 장난감이 되어 와 있구나.

그는 성을 김가라고 하고 이름을 '곡자'라고 하는 금년 스물한 살 된 여자이다. 그러나 김곡자 하면 모를 이가 많지만 수년 전까지 ○○동 목욕탕 주인석에 앉아서 벌거숭이 남자들 이 사람 보고 웃어주고 저 사람 보고 웃어주는, 일본 여자인지 조선 여자인지 모를 어여쁜 여자라 하면 아는 사람이 많을 뿐만 아니라, 한때나마 그의 남편이었을 사람도 많을 것이다.

그는 서울 사는 김○○의 딸로 ○○동 목욕탕 주인인 일본 사람의 양딸이 되어 어려서부터 벌거숭이 남자들만 보고 자라났는데, 열여덟 열아홉 때에는 그렇지 않아도 곱던 얼굴이 한창 피어서 공연히 목욕 오는 남학생들의 속을 태웠다. 그러나 원래 선수 될 만한 자격을 타고난 사람이라, 이 사람과도 사랑을 받고 저 사람과도 정을 받아오다가 급기야 장희○이라는 청년에게 몸을 맡겨 장과 함께 명치정 明治町에서 '○께노야'라고 하는 일본 여관을 경영하면서 살림을 차렸겠다.

그 후에 들으니까 작년 11월에 공교롭게 장이 병이 나서 병원에 입원한 사이에 그 친아버지가 어느 부자의 첩으로 팔려고 딸을 꾀어가지고 장에게 생트집을 잡아 박차버리고, 임시 수단으로 진고개 본정 本町 5정목 町目. 지금의 충무로. 쵸메(町目)는 1가와 2가와 같은 뜻의 일본식 표기 어느 카페에 술 심부름꾼으로 갖다둔 체해서 완전히 장을 떼어버리고 어느 부자의 첩으로 들어갔겠다. 그래 아비는 돈 천 원 요즈음 화폐 가치로 환산하면 3천만 원 상당의 금액짜리 집 한 채를 얻었다더니 오늘 지금 보니까 부자치고도 굉장한 부자 저 80해골 훼당 문대감의 첩이 되어서 밑천 안 드는 고기 장사를 하고 있구나.

대감도 대감이지, 돈이라면 ○○질도 사양하고 않고 계집이라면 창피한 것도 가리지 않아온 성공가이기로서니 나이가 일흔하고도 또 여섯 살이 아닌가 말이다. 아들 재식이네 집쳇골 침모의 딸 선희가 그 집에서 자라난 어린것임에도 불구하고 80대감이 침을 삼키고 지내다가 작년 가을선희는 작년에 열아홉이었다에 일부러 아프다고 핑계하고 누워서 하필 자기가 길러낸 것이나 다름없는 선희를 불러오라고 해서 간호를 시킵네 하고 강○을 하지 않았느냐 말이다. 저 80 대가리로 말이야.

그러나 그때 선희가 분한 것을 참지 못하고 냅다 떠들고 야단을 하고 자기 집으로 도망을 가버려서 집안에는 해주집재식의 생모의 늙은 강짜에 큰 풍파가 일어나고 대감의 위신은 개밥같이 땅에 떨어졌을 뿐만 아니라 선희의 생부가 고소를 제기한 것을 돈 2천 원을 주고 빌고 빌어서 취하를 시켰더니 지금 와서 또 1만 8천 원을 내라고 고소를 대기하고 있는 중이 아니냐 말이다.

색마의 집이다. 부자의 집이다. 죄악의 대궐이다.

그 안에서 너희 어느 아들이, 어느 손자가 또 선희를 침범했을는지 알 길이 있느냐. 아비에게나 할아비에게 계집을 빼앗기고 혼자 주먹을 어루만지고 있는 놈이 꼭 없다고 어떻게 보증을 할 재주가 너에게 있느냐 말이다.

아아, 보기에도 더러운 집에 내가 왜 한시인들 더 오래 있으랴. 이놈의 집의 우스운 이야기를 하나만 더 하고 그만 두자.

작년 봄에 한 첩년이 죽어간 후로 75세 대색마 대감이 기어코 아들의 집 침모의 딸을 강ㅇ까지 하고 나서 다시 젊은 계집을 얻을 일을 이야기하고 재식에게 주선을 시켰더니 대감의 사랑을 혼자 받던 재식이가 철이 나서 그랬는지, 어머니_{해주집}의 시앗을 볼 것을 생각하고 그랬는지

"칠순이 넘으신 몸에 체면상으로라도 그러실 수가 있습니까?"

하고 불효막심하게도 영영 듣지를 않았다.

아들놈에게 창피한 핀잔을 받고도 80 색마가 타오르는 더러운 욕심을 주체할 길이 없어서 늘 구박만 해오던 양아들 경식에게 계집애를 얻어달라고 애걸을 했다.

이때까지 구박과 푸대접만 받으면서 돈 한 푼 마음대로 써보지 못하고 울고만 있던 경식 나으리가 이게 웬 떡이냐 하고 바짝 긴하게 굴면서 주선주선하며 일본 계집애 스물한 살 먹은 것을 어느 목욕탕 집에서 데려다가 진상을 했더

니 대감이 그만 뼈가 녹는 맛에 어찌도 양아들이 별안간 어여쁘던지 한 달 생활비를 2백 원씩이나 더주고 볼 적마다 들르니

"네가 남의 채무가 있다 하는데 그래서야 쓰겠느냐."
하면서 돈 뭉텅이를 집어준단다.

그것도 오늘 지금 아닌가. 이 김곡자의 이야기인 것을 알았다.

아아, 저 꼴을 보아라. 자리에 누워서 허리 옆에 계집애를 앉히고 침을 흘리는 저 꼴을 보아라. 죄로써 지은 생활이 호화로운들 몇 날이나 더 호화로우랴. 마지막을 기다리는 짓이라고 하면 오히려 가긍하다 하려니와, 이제 재미있는 문제가 남은 것은 어미를 생각한 재식에게 효자 가락지를 줄 것이랴, 아비의 욕심을 생각한 경식에게 가락지를 줄 것이랴 하는 것이다.

이것도 네가 저 꼴을 하면서도 툭하면 열녀니 효자니 하고 긴요치 않게 반지를 만들어준다니 말이다.

노처녀 선생님의 고민

은파리 4

여기는 서울에서도 유명한 ○○여학교. 잘생긴 여학생 많기
로 이름난 곳이다. 구지레한 남학생들의 눈에는 천당같이
우러러보이는 신부 양성소이다.

때는 열한 점 이십 분. 비스듬하게 열려 있는 사무실 문
으로 슬그머니 들어가니까 책상만 쭉 늘어놓은 방이 그야
말로 죽은 듯 고요하게 보였다. 옳지. 상학 시간이어서 모두
들 교실에 간 모양이로구나! 아무러나 조금 있으면 하학종
이 치겠지. 어디 여기 앉아서 기다려볼까?

하하! 이건 아마 여선생의 자리인가보다. 다른 책상보다
가지런히 정돈해놓은 책상머리에 파란 꽃병에 월계꽃 가지

가 꽂혀 있구나! 그러나 월계꽃하고 석죽石竹꽃까지 한데 뭉쳐 꽂아 놓고 거기다 메꽃朝顔까지 찔러놓은 것을 보면 취미가 자기 딴에는 보기 좋게 하느라고 한 모양이지만 너저분한 사람인 모양이다. 조촐하게 생기지 않고 터덜터덜하고 욕심만 많은 사람인가보다. 분명히 그렇겠지. 내 짐작이 틀리는 법은 없으니까…….

이크! 저기서 무엇이 꾸물꾸물한다. 한 사람도 없는 줄 알았더니 누가 있는 모양이다. 저 건너 책상 위에 커다란 우렁이 껍질 같은 것이 꾸물꾸물하고 있는 것은 분명히 트레머리! 코를 책상 위에 맞대고 무언지 정성스럽게 쓰고 계신 모양이다.

얼굴을 들어야 누구인지 관상을 해보지. 숙인 얼굴을 머리맡에서 보니까 까무잡잡한 콧등밖에 보이지 않는다. 저 코만 커보이는 여선생이 누구일까……. 편물編物 선생인가. 아니, 재봉 선생인가보다. 옳지, 옳지 얼굴을 든다.

으응, 나는 누구라고. 교수 잘하기로 유명한 S선생이로구먼.

S선생의 일은 내가 잘 알지. 경성여자고등보통학교와 또 그 사범과를 우등 성적으로 졸업하고, 일본 가서 3년 공부

를 마치고 돌아와서 여선생들 중에는 고갯짓하는 S선생. 일본말 잘하기로 유명하고 교제 잘하기로 유명한 외에도 독신생활주의로도 유명한 덕택에 나이 서른 하고도 또 하나 이시건만 처녀 각시를 지켜오는 갸륵한 선생님이시라 학교 안에서도 S선생님 S선생님 하고 학생들에게 떠받들리는 인기 많은 양반이다. 수수하게 틀어 넘긴 머리에는 별반 특징도 없으나 둥글둥글한 얼굴과 서늘하게 큰 눈은 다정해 보이고 입술은 얇아서 냉정해 보이는 S선생님!

모처럼 찾아온 은파리의 방문은 꿈에도 모르고 붉은 줄 인찰지印札紙에 무엇인지를 정성스럽게 베끼고 계시다.

이윽고 사무실 문이 방긋이 열리고 교직이소사가 고개만 디밀고 방긋이 들여다보고 나가더니 '땡땡땡' 하고 하학종을 친다.

공부도 하지 않고 하학종 치기만 기다리고 있었던지 종소리가 끝나기도 전에 벌써 몇 학년인지 2층에서 쿵쿵거리는 소리가 나기 시작하더니 그만 온 학교가 모두 쿵쿵거리면서 운동장에는 와글와글 떠드는 소리가 난다. 마치 불난 집같이 소란스런 중에 사무실에도 한 분씩 한 분씩 남선생 여선생이 저마다 손에는 책 두어 권씩을 들고 모여들어 자기 자리에 앉아서 차를 마신다.

그러자 열일곱 살쯤 되어 보이는 얌전하게 생긴 여학생 한 사람이 마치 경찰서에 불려오는 여편네같이 조심스럽고 겁나는 걸음으로 들어와서 S선생님 앞에 와서 일부러 그러는 것처럼 공손하게 절을 하고 나서 나직한 목소리로

"저를 부르셨어요?"

그의 보기 좋게 늘어진 탐스런 머리는 그야말로 신발 뒤축에 닿는 것 같다.

"이리 와."

하고 의외의 불쾌한 소리로 꾸짖는 듯이 말하며 그를 뒤에 달고 사무실 문밖으로 쭈르르 나가기에

"야— 일대 비밀 사건 돌발이구나!"

하고 신나게 날아서 쫓아가보니까 그들은 응접실 조그만 방에, S선생은 걸상에 앉았고 여학생은 잡혀온 죄인같이 숙이고 서 있다.

"너 민○호란 사람을 아니?"

몹시도 똑똑한 하대해라로 이렇게 날카로운 소리로 묻는다.

여학생은 눈이 둥그래지면서 눈 밑이 빨개졌다.

"알아?"

"몰라요. 그런 사람…….”

"정말 몰라? 바른 대로 말해…….”

"몰라요.”

"그럼, 이게 뭐냐. 이것도 모르겠니?”

하고 상 위에 털썩 내놓은 것은 왜단 일본 비단의 한 가지 빛보다도 더 고운 분홍빛 바탕에 보랏빛으로 도라지꽃 그림이 놓여 있는 편지봉투이다.

묻지 않아도 나는 알지……. 어느 남학생이 그 여학생에게 보낸 편지를 학교 규칙에 따라 사무실에서 뜯어보니까 사랑이니 그리우니 하고 달디단 글자만 모아 써놓은 것이다. 더구나 그것이 독신주의를 신봉하는 순결무쌍한 S선생님 손에 걸린 것이다.

여학생은 그 봉투 뒤에 어떤 이름이 써 있는지 그것은 보지도 않고

"정말 몰라요.”

"모르면 어째서 이런 편지가 왔느냔 말이다.”

"정말 저는 몰라요. 어떤 사람이 했는지…….”

"모르면 그 사람이 네 이름을 어떻게 알았어?”

"누가 압니까? 저는 참말 몰라요. 아마 강연회나 토론회

독창할 때 안 거겠지요."

"그래? 정말 몰라?"

하고 흘기는 눈으로 쳐다보는 얼굴에는 30처녀 젊은 과부의 심리보다도 더 복잡스런 심리의 발동 같은 빛도 보이는 것 같았다. 그것은 내가 잘못 본 것이겠지. S선생님께야 만만 꿈속에도 그런 일은 없을 것이다.

선생이 제자를 생각하는 마음은 자식을 사랑하는 부모의 마음과 같다고 하지 않느냐. 선생님인 만큼 너그러운 마음에, 그것이 그의 잘못이 아니고 여학교에 흔히 오는 편지처럼 공연히 쫓아다니는 불량 학생이 어떻게 여학생의 성명을 알아가지고 주책없이 써 보낸 줄로 아신 모양이다.

나 같으면 그런 것쯤은 진작 알았을 일이지. 여학생하고 서로 알고 좋아하는 터라면 여학생이 학교 사무실에서 편지를 모두 뜯어보는 규칙을 아는 터에 그런 편지를 학교로 할 리가 있는가 말이다. S선생님도 그런 일에는 경험이 없어서 좀 사정이 어두우신 모양이다.

"이담에라도 혹시 너희 집으로 이런 편지가 오더라도 이런 것을 주고받고 해서는 절대로 안 된다. 지금 건방진 학생들은 툭하면 '연애 연애' 하지만 연애가 다 무엇하는 것이냐. 연애가 없이는 못살 것처럼 날뛰지만 그것은 다 나이 어리고 철모르는 사람들이 하는 소리야."

하면서 은연중에

"나를 좀 보려무나."

하는 뜻을 부지런히 보여가면서

"너 연애나 찾고 떠들던 사람들을 보려무나. 모두 남의 첩이나 나쁜 년이 되지 않았니……. 인생이란 그런 것이 아니야. 인생의 진정한 가치라는 것은……."

하면서 순순히 풀려 나오는 인생철학은 어느 틈에 독신주의 강연으로 변한다.

"소위, 결혼이란 것의 필요는 여자들이 약자弱者의 지위에 있을 때와 또 민지民智가 어리석기 짝이 없던 시대에……."

하고 정신없이 열띤 사람같이 입술에 침이 고여가면서 설교할 때 S책상과 편지와 여학생의 얼굴에 튀어 떨어진 침 방울이 수천 방울! 북과 나팔만 없을 뿐이지 구세군의 전도와 똑같은 정성 똑같은 말솜씨이다.

이 설교를 듣고도 독신주의자가 되지 않는다면 우리 S선생님은 땅을 치면서 통곡이라도 할 듯싶다. 청산유수같이 내려 쏟아지는 폭포와 같이 독신 찬미가 도도滔滔 수천 마

노처녀 선생님의 고민

디! 그간에 점심시간 15분 동안이 어느 틈에 지나고 오후의 상학종이 땡땡땡 울자 섭섭한 중간

"아멘."

을 하고 여학생은 백방白放되었다.

몇 학년에 무엇을 가르치러 가는지 점심을 먹을 시간도 없이 S선생은 자기 책상에 가서 술 얇은 책 몇 권을 꺼내 들고 바쁜 걸음으로 학생들의 뒤를 쫓아 2층으로 올라갔다. 무엇을 가르치는지 모르되 이렇게 순결 제일의 여선생님께 교훈을 받는 여학생들은 다행한 사람이라 할 것이다.

공부하는 시간이 45분씩. 그동안 은파리의 사무도 한 시간 휴식을 얻게 되었다.

새로 한 시 반. 그 다음 시간이 또 시작되었다.

학생과 선생님 모두 교실로 모여가고 사무실에는 S선생과 수염 많이 난 일본 선생 한 분이 남아 있을 뿐이다. 어느 반에서인지 여학생들의 창가 배우는 소리와 풍금 소리만 한가하게 들려온다.

잠깐 있자 사무실 문이 벌컥 열리면서 남색 책보를 끼고 황급히 들어오는 젊은 남자 선생님 한 분. 이 이가 학교 안에서 미남자로 유명한 도화圖畵, 미술 선생님이다.

"왜 인제 와아."

천만 뜻밖에 S선생님의 인사는 이렇게 점잖았다. 그러나 그 얼굴은 무슨 기쁜 빛이 환하게 넘치는 것같이 보였다.

"왜, 늦었나?"

하면서 도화 선생은 담배를 피워 물었다.

"시계를 좀 봐요. 미술가라는 위인은 시간도 모르나. 또 어디서 이때껏 재깔거리다 왔겠지."

"재깔거리는 게 뭐냐."

"그럼 이 애, 뭐라니. 밤낮 그림 가르칩네 하고 어중이떠중이 별놈 별 년을 다 사귀지 않느냐? 이 애, 아니야?"

옆에 있는 수염 많은 선생이 조선말을 못 알아듣는 것이 요행이라고 아무 기탄 없이 본색을 드러내놓는다.

"그래도 이 애, 저 애 그러네."

"그럼 뭐라고 하냐. 다른 년들처럼 '여봅시오, 저 봅시오' 하고 선생님을 꼬아 바치랴?"

"그건 모두 다른 여자가 자기 같은 줄 아나보이."

큰일이 생겼다. 적어도 독신주의로 36세까지 순결을 지켜온 그에게 말씨가 이렇게 가니까 그의 존엄을 더럽히기 몇 천 몇 만!

노처녀 선생님의 고민

"뭘 어째서? 내가 어떻단 말이냐. 내가 어땠단 말이야. 나 같은 줄 아는 게 뭐야."

나는 싸움이 나는 줄 알았다. 그러나 도화 선생도 천연스 럽게 대꾸를 하고 S선생도 그런 말을 노여워서 하는 것이 아니고 기쁨으로 하는 말같이 보인다.

"그럼 아닌가. 좋은 사람만 보면 '선생님 선생님' 하고 정 신 모르지……."

"내가 누구보고 그랬어. 내가 누구보고 그랬어."

"아무나보고 그러지."

하면서 도화 선생은 일부러 이런 말을 던져놓고는 피해가 는 사람처럼 변소로 가면서 여자처럼 빙그레 웃는다.

"에그 요 깍쟁아."

하면서 S선생님이 정들게 흘겨보는 눈과 맵시 있는 아양과 향내 나는 말솜씨와는 참으로 정말 다시 얻어보지 못할 천 하일품일 것이다.

그러나 여학생들의 학부형은 과히 염려하지는 말라. 그 들은 약은 사람이다. 학생이 보는 데서는 점잖고 신성하기 짝이 없으니까.

아무것으로나 유명한 S선생님. 반드시 그의 가정에까지

볼 필요가 있다고 생각한 나는 하학 시간을 기다려 그의 어깨 위에 올라앉아서 독신주의 S선생님 가정 탐색으로 출장을 나섰다. 보니까 S선생님 외에 주근깨 많은 여선생님, 얼굴 까만 여선생님 세 분이 동행하는 데 문제의 도화 선생님도 빠지지 않았다. 주근깨 선생님과 까만 선생님 두 분은 전차에 올라타고 S와 도화 선생님 두 분만 남으니까 이야기가 퍽 조용해졌다.

S선생님이 먼저

"저녁 먹고 와요. 나하고 진고개 가아, 응?"

"진고개는 왜?"

"나 뭐 살 것이 있어서. 싫어?"

"갈까, 좀 바쁜데."

"그러지 말고 꼭 와요. 내 기다리고 있을게."

작기는 해도 열한 칸 기와집에, 안방에 늙으신 어머니 아버지가 계시고 건넌방에 오빠 내외와 어린애 한 사람, 그리고 하나 남은 아랫방이 독신 궁전이다. 즐거운 담화에 마음이 한창 달떴다가 집에 들어와 안마루에 걸쳐 앉은 S선생님! 텅 빈 아랫방을 내려다볼 때 퍽도 쓸쓸한 생각이 나는 모양이다. 벌써 늙어가는 몸이 아니냐.

학교에서 보는 S선생님과는 아주 딴판이므로 집 안에 돌아온 선생은 퍽도 불쌍한 사람같이 보였다.

"얘야, 월급이 어떻게 되었니. 아까도 싸전에서 들어와서 한참이나 조르고 갔다."

내가 낳은 따님이건만 '돈'이란 무서운 것. 어려운 윗사람께 말하듯 기운이 아주 없었다.

"아이고 글쎄, 오라비보고 좀 변통해보라고 그러세요. 인제 여름이 되었으니 흰 구두 한 켤레하고 여름 우산 하나는 사야지요. 삼복이 가까워 오는데 검정 구두를 신고 어떻게 학교에 다닙니까."

하고 학교 교사로 다니는 것을 내세우니까 따님의 말이 모두 시체인 줄 만 알고 계신 어머님 말씀

"에구, 그렇고말고. 여보 쌀값은 천천히 갚더라도 그 애 흰 구두하고 여름 우산은 사야 한다우. '선생님 선생님' 하고 그 많은 학생들이 떠받드는 몸이 어디 그렇게 소홀하답디까. 다 남의 축에 싸이게 하고 다녀야 월급벌이도 하지 않우."

아버지는 잠잠, 건넌방에서 오라버니댁만 입 끝이 삐죽하며 속으로

'흰 구두 안 신어도 잘만 다니데.'

하고 있는데. S선생님은 후닥닥 뛰어서 아랫방으로 쑥 들어갔다.

보니까 한 칸 방이 꽤 깨끗하게 치워져 있다. 책상 위에 바람벽에는 성모의 그림 사진이 금테 두른 사진틀에 끼워서 걸려 있었다. 다른 독신주의자가 좋아할 듯한 그림이다.

S선생은 옷도 갈아입지 않고 책상 위에 엎드려 있더니 한참 만에 꿈꾸고 난 사람처럼 번쩍 고개를 들고 책상 서랍에서 편지지 책을 끄집어내서 겉장을 떡 제쳐놓고는 만년필을 꺼낸다.

겉장 안쪽에 붙어 있는 분홍빛 압지押紙를 나는 주의해 보았다! 요전번에 쓴 편지를 눌러냈으면 그 압지에 묻어난 글자를 보려고! 아따! 압지에 외로이 묻어 있는 글자. 분명히 편지의 맨 끝장을 누른 것이다.

　　　6월 14일 밤 달 밑에서
　　　거친 들에 핀 쓸쓸한 꽃 S K
　　　내가 그리워하고 사모하는
　　　K선생님 품에

흐리게 압지에 묻어난 것을 억지로 살펴보니까 이러한
소리였다. 그는 새로 만년필을 들고 쓰기 시작했다.

　　　아아 나의 그리운 K선생님—

하고. 아까 낮에 학교에서 남의 편지지를 들고 여학생을 꾸
짖던 이와 다른 인물인 줄 알아서는 안 된다. 그가 그고 그
가 그인 것을 놀라지 말고 알아두어야 한다.
　여학교 당국자 여러분! 여학생의 부형 여러분! 이 꼴을
가리켜 어떻다 하느뇨.

여학생이 바람나면

은파리 5

파리도 날개가 늘어지는 가을이 왔구나. 그러나 염려하지 마라. 은파리는 탄생하신 날이 양력으로 꼭 정월 초하루란다. 가을이 오거나 눈이 쏟아지거나 은파리 두 눈이 쇠할 줄 아느냐.

그러나 꼭 한 가지 《신여성》 편집장이

"쓰기는 쓰되 조금 주의를 해달라."

고 성화를 하는구나…….

요전번 은파리 때문에 각 여학교마다 말썽이 일어났다던 가. 당연한 일이지. 내가 주의를 해야 할 필요가 어디 있느 냐 말이야. 내 눈으로 본 대로 들은 대로 거짓말 보태지 않고 써놓았을 뿐이니, 그대로 알고 짐작 나는 것이 있으면 처리해버릴 일이지 편집장까지 그렇게 주의의 필요를 느낄 것이 어디 있단 말인가.

나는, 은파리는, 이 기회에 아주 똑똑히 명언明言해둔다. 결코 없는 일을 꾸며내지는 않는다. 사람 놈들 저희 연놈들처럼 그런 거짓말은 적어도 은파리는 하지 않는다고…….

사실이 있거나 없거나 잘못하는 일 나쁜 짓은 덮어주고 숨겨주기만 바라는 고 나쁜 심정! 이 사람 연놈들아. 너의 연놈들의 바라는 바와 같이 잘못하는 짓도 그만, 나쁜 짓도 그만으로 잘잘못의 분별이 없는 세상이 되면 너희는 좋을 듯싶으냐?

두고 보아라. 은파리 때문에 제 죄에 우는 사람이 하나씩은 있어도 '은파리 송덕비'를 세우자는 의논까지는 생길 날이 있을 것이니…….

아차, 공연히 시간만 보냈다. 여학교 하학할 시간이 벌써 넘었구나.

오늘도 여학생을 놓치는가보다. 옳지 저기 가는 것이 저것이 누구냐. 책보를 든 것을 보니까 학교에서 돌아오는 길인 것은 분명한데 뒷모양이 조촐해 보이기도 한다. 짧지도 길지도 않은 흰 저고리에 저 얌전해 보이는 검은 치마를 보아라. 검은 목구두에 흰 양말을 신은 종아리 장딴지까지 나오려니. 그렇게 보기 흉하게 짧은 치마도 아니구나. 그 부드러운 검은 치마가 저고리 속에서부터 뭔지 퍽 귀중한 것을 싸가지고 나온 것처럼 주름 잡혀 있는 허리가 또 동그스름하게 굽은 선을 지어가지고 다소곳하고 축 늘어져 있는 것이 벌써 뒤에 가는 젊은 사람의 가슴을 상하게 하는데. 그 가늘고 어여쁜 종아리와 목구두가 치마 끝을 얄근얄근 쳐가면서 한 걸음 한 걸음 걸어가는 맵시야말로⋯⋯.

아, 아, 저것 보지. 그 뒤에 중절모자 쓰신 양복 청년 한 분이 마치 그 여학생의 발자국만 쫓아가려는 듯이 따라가는데, 코에서 나온 길다란 방울이 뚝 떨어지지도 않고 대롱대롱 매달려서 윗입술에 닿을 듯 닿을 듯하는구먼.

여학생은 교동 측후소 골목으로 꺾어들었다. 코 흘리던 청년은 골목 모퉁이에 온종일 서 있을 것처럼 서서 뒷맵시를 맥없이 보고 있고⋯⋯. 나는 그제야 흥겹게 날아서 여학생의 그 어여쁜 어깨에 올라앉았다.

아이구, 그 고운 살결. 분은 발랐건만 살결이 희어서 분이 눈에 띄지도 않겠다. 서늘한 눈 나직한 코 잠잠한 입모

습이 퍽 얌전하게 생긴 얼굴이지만 이미 위에 앞머리를 가위로 자른 것을 보니까 모양도 내고 싶어하는 아가씨가 분명하구면. 뭘 내 말이 틀리는 법 있는가. 앞머리에 가위질하는 여자 치고 허영심 적고 연애 소설 안 읽은 사람은 없으니……

여학생은 어깨 위에 은파리를 모신 줄도 모르고 측후소 담을 두 번 꺾어 익선동 골목으로 휘어들더니 조그만 납작한 기와집으로 쑥 들어갔다. 이렇게 작은 집 따님인가 하고 조금 이상하게 생각하면서 주의해 보자니까 벌써 부엌 문 옆에서 40 넘은 부인이 담뱃대를 입에서 빼고 웃으면서

"어서 와. 혼자 오나베. 우리 집 학생들은 다 왔는걸."

하는 것을 보니까 이 집이 여학생의 집이 아니고 다른 여학생들이 있는 하숙집인 모양이다. 그것 보지. 벌써 건넌방 뒷방에서 세 사람의 여학생이 튀어나오면서

"아이구, 명자야. 애 어서 오너라. 하마터면 늦을 뻔했다. 학교에서 인제 오니?"

"아이구, 어시 올라와요. 얼른 먹고 얼른 가야지."

하고들 남학생들보다 더 수선을 피우는 것을 보니까 지금은 얼굴 고운 얌전스런 학생이 명자이고 그네들은 어디 갈 약

속이 미리부터 있었던 모양이다. 오늘이 토요일이니까…….

명자는 올라가서 건넌방에 들어가 앉았다. 몹시 향내가 나는 방이었다. 조그만 선반 위에는 바스켓 두 개가 철 늦은 흰 구두와 함께 얹혀 있고, 벽에는 구지레한 그림 조각이 두어 장 붙어 있고 책상 위에는 책보다도 올망졸망한 상자가 더 많이 있었다. 그리고 조화造化 가지를 사다가 꽂아놓은 것까지, 이 방에 있는 여학생들이 취미가 너저분하고 학교는 명자와는 딴판으로 ○○학교라고 하지만 공부보다는 모양내기와 돌아다니기에 더 정성을 쓰는 사람인 것을 알 수 있었다. 오후 한 시!

한편에서는 분을 바르고 머리를 틀고 치장하느라고 법석, 한편에서는 밥상을 가져다놓고 재촉하느라고 법석.

"에그, 명자야. 너도 여기서 같이 먹고 가자. 어느 틈에 너희 집에 또 갔다 오겠니. 자, 어서 먹어라. 시간이 늦겠다. 벌써 창환 씨하고 경호 씨하고는 와서 기다리고 있겠다."

이렇게 권하고 또 수선 부리는 그들과 비교하면 명자는 너무도 깨끗하고 너무도 얌전해서 이런 축에 낄 사람 같지 않았다. 그러나 명자는 처음으로 이런 축에 섞이는 것 같지는 않았다.

점심 먹고 또 한 차례 치장하고, 여학생이 동관 큰길로 단성사 앞을 지나 구리개지금의 을지로 입구 일본 활동사진과 황금관黃金館 앞에 이르기는 두 시 십 분 후였다. 아따, 길거리에서 어떻게들 지나가는 사람들이 쳐다보는지. 남자들만 이 모양낸 여학생들을 쳐다보는 것이 아닐 여자들도 이 패들을 몹시들 쳐다보는 것을 나는 이날 처음 알았다.

황금관 앞에는 벌써 남자 양복청년 두 사람이 지팡이까지 짚고 기다리고 있다가 반갑게 맞이했다. 그 중의 한 사람은 나도 아는 사람이다. 분명히 체부동體府洞 살면서 시외에 있는 ○○전문에 다니는 학생 S이다. 그가 부리나케 앞장서서 가더니 1등표 여섯 장을 사가지고 와서 넉 장을 여자 편으로 주고 앞장서서 들어가니까 여자들도 뒤이어 들어갔다. 명자는 맨 뒤에 따라 들어갔다.

나는 멋도 모르고 명자의 어깨에 앉은 채로 따라 들어갔더니 어떻게 캄캄한지 혼이 났었다. 벌써 활동사진을 비추는 중이라서 그렇게 캄캄하던가?

하도 캄캄한 속이라 나는 그 캄캄한 2층 1등석에 자리잡고 앉은 그들의 행동을 자세히 볼 수 없었다.

활동사진에 비추이는 서양 사람 연놈이 입을 맞추고 끼

고 달아나고 할 때 명자의 얼굴이 달아서 후끈후끈하기에 웬일인가 하고 살펴보니까 어둠 속에서 옆에 앉은 S가 명자의 손을 꼭 잡고 있는 것을 보았을 뿐이다.

다섯 시가 가까워서야 그들은 그 캄캄한 속에서 나왔다. 여학생들은 앞서고 남학생은 뒤서고 태연히 돌아오다가 단성사 앞에서 남학생까지 다섯 사람은 아까 그 여학생 하숙집으로 가고 명자만 따로 떨어져서 철물교_{종로 2가와 청계천 2가 사이에 있던 다리}를 지나 우미관 골목 관철동으로 들어간다.

옳지. 이제야 저희 집으로 가는구나 하고 나는 그의 집에까지 따라갔다.

그 집은 그렇게 크지도 작지도 않은 깨끗한 기와집이었다. 그러나 그의 아버지는 포목전을 경영하는, 몹시도 완고한 사람이다. 큰딸은 공부도 안 시켜서 시집을 보낸 지 오래고 어떻게 바람이 불어서 명자와 명자의 손아래 어린 아들만 학교에 넣어 놓은 것이었다.

"오늘이 반공일이라는데 왜 이렇게 늦게 오니."

하고 어머니가 내다보면서 묻기에 이크 큰일나는구나 하고 내가 먼저 걱정을 했더니

"아니에요. 오늘은 밤에 학교에서 토론회가 있으니까 그

준비하고 오느라고 늦었어요."

이렇게 엉뚱한 대답이 그 어여쁜 아가씨 입에서 나와서
어머니의 의심을 활짝 풀어놓는다.

"에구, 그 토론회가 무엇하는 거냐."

"학생들 연설하는 것이에요."

"여학생들이 연설을 해? 여학생이 연설을 다 할 재주가
있나."

"저도 한답니다. 그래서 그것 준비하느라 이때껏 있었어
요."

"네까짓 것이 다 할 줄 아니. 그것 구경 좀 했으면 좋겠구
나. 구경은 못하니?"

"여학교 안에서 하는 것이니까 우리 학교 학생 외에는 아
무도 안 들인다오."

"에그 저런. 그것 좀 가보았으면 좋을걸 그랬구나."

하고 따님 연설한다는 통에 좋아서 입이 귀밑까지 벌어져서

"그래 네까짓 것이 뭐라고 연설을 한단 말이냐. 에그, 어
멈! 어멈! 복순 어멈! 어서 저녁 짓게. 오늘은 저녁을 얼른
지어야 아가씨가 학교에 연설하러 간다네. 연설하러 가요.
어서 빨리 빨리 짓게."

어머니란 속는 것. 연극장에 갔다 온 줄은 모르고 싱글벙글 하면서 저녁밥을 얼른 차려서 귀여운 따님을 먹여서 내보냈다.

그러나 토론회가 있기는 정말 있는가보다 하며 나는 토론회 구경할 욕심으로 그의 어깨 신세를 또 지기로 하고 새로 갈아입은 비단저고리 위에 올라앉아서 그 집을 나섰다. 그가 학교로 가려면 탑골공원 뒤로 돌아갈 텐데 웬걸 큰 길거리에 나서더니 덕흥서림_{종로 2가에 있던 큰 서점} 앞에서 전차에 올라탄다. 학교에 간다더니 이 양반이 한강철교로 가나보다 했더니 웬걸 그것도 아니고 조선은행 앞에서 내려서 경성우체국_{조선은행은 지금의 한국은행. 경성우체국은 지금의 중앙우체국이다}으로 쑥 들어간다. 대체 이것이 웬일인가 했더니, 오오 알겠다. 우체국 걸상에 앉았다가 명자를 보고 벌떡 일어서는 청년을 보니까 아까 그 ○○전문의 S학생이다.

으흥, 너희가 진고갤 갈 모양이로구나 했더니 정말 그들은 앞서거니 뒤서거니 남들이 보면 동행인지 모르게 진고개 불 밝은 길로 휘어들었다. 한참이나 가다가 주춤하고 서서 망설이는 곳 그 앞에는 조그만 일본요리집이 있었다. 동행하기도 부끄러워하는 사람이니까 요리집에는 안 들어갈

텐데 하고 내가 생각하고 있는 사이 그들은 쭈르르 그 옆에 있는 시계 안경집으로 들어갔다. 에그, 나는 시계나 안경보다는 요리집이 더 궁금하다! 하고 후루루 날아서 요리집으로 들어가서 지금 만든 따뜻한 음식을 조금씩 실례하고 있었다.

한 10분쯤 지났을까. 시계집에서 나온 명자의 손에는 어여쁜 조그만 팔뚝 금시계가 있었다. 물론 S청년의 돈주머니는 아까보다 가뿐해졌을 것이다. 그들은 그때부터는 볼일 다 본 사람같이 휘적휘적 걸어서 영락정_{지금 영락교회 있는 부근}으로 빠져서 구리개 길로 나서서 전차도 안 타고 걸어간다. 또 무슨 일로 전차도 안 타노? 했더니 잠깐 가다가 일본 사람의 사진관으로 쑥 들어간다. 사진들 찍으려면 낮에 찍을 것이지 왜 돈 더 주고 사진 나쁘게 밤에 찍노? 했으나 내 사진이 찍히는 것이 아니니까 잠자코 따라 들어갔다.

여자는 앉고 새로 얻은 금시계 팔뚝에 걸고 소매는 높이 걷고 남자는 단장 짚고 섰고, 이렇게 두 내외처럼 사진을 찍는다. 구태여 그 사진에까지 내가 찍혀서는 미안하겠기에 나는 밖으로 나와서 사무실 앞에 섰다. 그랬더니 사무실에 있는 사람들의 재미있는 담화.

"흥, 지금 온 것들도 그 따위 짬짬이 패들이지요. 그렇지 않고야 왜 밤에 찍으러 오나요. 아주 저희끼리는 남매간인 체하지만 사진관에서야 속나요. 그리고 저런 패들은 남몰래 밤에 찍는 것이니까 사진도 꼭 두 장만 만들어주고 사진유리는 깨뜨려 없애달라고 조른답니다. 그렇지만 형사나 신문기자들이 탐지하고 알아가는 줄은 모르고 그러지요. 저런 패들이 수두룩합니다."

"누구든지 서로 사랑하게 되면 그냥 미쳐버리니까 그렇지요. 나중에 그 사진이 형사의 손에 들어가거나 신문기자 손에 들어가는 것을 미처 아나요."

그러다 명자와 S가 나오니까 그들의 이야기는 뚝 끊어졌다. 아니나 다를까 그 S도 사진 값을 내면서 어리석게도 신신당부를 하는 말이

"주소는 적지 않겠소. 내가 찾으러 올 테니까……. 그런데 석 장은 소용없으니 꼭 두 장만 만들고 유리는 아주 깨뜨려 없애시오."

하니까 아까 이야기히고 있던 사무원들이 고개를 숙이고 픽 웃었다.

사진관에서 나오니까 밤이 꽤 깊었다.

시치미 뚝 떼고 아장아장 집에 돌아가서 어머니가 연설을 어떻게 했느냐고 묻기도 전에

"에구, 어머니. 나 오늘 연설을 제일 잘했다고 교장에게 이것을 탔어요."

하고 팔뚝 금시계를 쓱 내미는 것을 보고 나는 그만 기절할 뻔해서 도망하듯 뛰어나왔다.

학교가 가정을 모르고 가정에서 학교를 모른다. 그 틈을 타서 학교와 가정 그 사이에 딴 세상 하나가 요렇게 얌전하게 벌여져 있는 것을 주의하는 사람이 몇몇이나 되느냐.

• 호랑이똥과 콩나물

　1930년에 창간한《학생》잡지에 4회 연재.

• 늦둥이 도둑

　1925년 1월호《신여성》에 게재한〈은파리〉시리즈에 수록. 필명
은 목성.

• 여류운동가 까마중 스타

　개벽사 발행 학생잡지《학생》1929년 5월호에 실린 글인데, 제목
은〈여류운동가 흑黑스타전〉이다. 필명은 쌍S생. 쌍S생이란 필명
은 문학작품보다는 흥미 있는 탐사기 따위를 쓸 때 자주 사용하
던 필명이다.

• 낙화? 유수?

　《별건곤》27호. 필명은 파영생波影生. 이 작품은 이후 개벽사 발행
다른 잡지에도 조금 내용을 고쳐 실리기도 했다.

• 천하 명약 검은 고양이

　1929년 8월호《조선농민》제5호. 농민운동에도 주력했던 천도교

는 이를 위해《조선농민》을 발행한다. 편집 책임자는 이성환. 수록 제목은 〈천하 명약 흑고양이〉

• 금발 낭자 마리아나 아씨의 머리

《신여성》1924년 12월호. 필명은 몽견초. 글 성격은 심소설心小說이라고 되어 있다.

• 돈벼락

《별건곤》에 수록.

• 아버지 영혼은 딱정벌레

개벽사 발행 농민잡지《조선농민》1926년 3월호에 실린 작품. 필명은 소파小波. 〈공중의 귀신소리〉라는 제목으로《어린이》1926년 6월호에도 실려 있다.

• 우유배달부

방정환이 19세 때 육당 최남선이 발행하던《청춘》13호에 투고해서 실린 것이다. 1918년이고 필명은 ㅈㅎ생.

• 셈 치르기

《어린이》잡지 4권 1호에 수록. 필명은 깔깔박사.

• 은파리

1921년《개벽》잡지에 싣기 시작해서《신여성》,《별건곤》등 매체를 바꾸어가며 오랫동안 게재한 작품이다. 발굴 작업을 통해 20편 가까이 찾아냈다. 방정환은 아동문학 작품을 쓰기 전 '백조白潮 동인'으로 활동한 적이 있는데, 이때《조선문단》같은 문학지에 목성牧星이라는 필명으로 사회주의 경향이 짙은 작품을 발표한다.

소파 방정환의 경성 만담

지은이 | 방정환
엮은이 | 민윤식
표지 및 본문 그림 | 박형동

펴낸이 | 박옥희
펴낸곳 | 도서출판 인디북

초판1쇄 인쇄 | 2013. 4. 25
초판1쇄 발행 | 2003. 5. 1

등록일자 | 2000. 6. 22
등록번호 | 제 10-1993호
주소 | 서울시 마포구 염리동 27-216 2층
전화번호 | 02)3273-6895~6
팩스번호 | 02)3273-6897
e-mail | indebook@hanmail.net

ISBN 89-978-5856-139-2 03810